AINSI SOIT-IL
ET ÇA IRA

du même auteur
dans la collection 10/18

La harpe de barbelés

WOLF BIERMANN

AINSI SOIT-IL ET ÇA IRA

*Traduit de l'allemand,
et présenté par*
Jean-Pierre Hammer

CHRISTIAN BOURGOIS ÉDITEUR
8, rue Garancière Paris-6ᵉ

© 1977, Verlag Kiepenheuer et Witsch Köln

© Christian Bourgois Editeur 1978
pour la traduction française
ISBN 2.267.00136.5

J'ai maintenant si grande joie
que je devrais bien chanter

Mais hélas, de chanter
je n'ai pas envie

Tu sais, cette joie, je l'ai trop cher payée
en tristesse

poème inédit envoyé au traducteur
pour l'édition française

DANS LES NUEES D'ICARE
D'UNE MAIN GAUCHIE LA GUITARE
CRIE LES BOUTEILLES DE LIMONADE
CRIE LES ANGES FRACASSES
CRIE ET PINCE A FAIRE CRIER
SES BALLADES DE VIE
ETOILEE DE FEMMES D'OISEAUX DE VERITES
SON GRAND REVE ECLATE
A LA GUEULE DU MENSONGE BARBELE
ET CHANTE SA FAIM SUR UN MUR
DE BERLIN A BERLIN.

« J'AIMERAI TOUJOURS LE TEMPS DES CERISES... »

D'être célèbre dans toute l'Europe et en particulier en R.F.A., en Italie, en Grèce et en Espagne, Wolf Biermann le doit autant à son talent et à ses irréductibles opinions marxistes qu'à l'aide des autorités de R.D.A. qui, en le privant de sa nationalité est-allemande, ont transformé le poète-musicien semi-clandestin du 131 de la Chaussée-Straße (1) en un moderne trouvère de la liberté, aussi bougon que résolu, sillonnant les routes du Far-West européen. Car c'est une aventure exceptionnelle que vit en ce moment le fils de Dagobert Biermann, docker juif de Hambourg sabotant les navires nazis partant à la rescousse de Franco et arrêté, puis transformé en fumée dans les crématoires d'Auschwitz. Héritier intègre d'un idéal communiste non perverti, Wolf Biermann, après avoir librement choisi la R.D.A. pour patrie en 1953, est entré en conflit politique avec le pouvoir « communiste » de Ulbricht, puis avec celui de Honecker. Car disons-le en clair, la pensée et les chansons de Biermann sont profondément marquées par une vision marxiste de l'univers. Et notre seul propos ici, par delà toute divergence même importante est de servir un poète dont nous nous devons de respecter scrupuleusement les idées. Rendant compte en 1973 du recueil « Pour mes camarades » j'écrivais déjà qu'aucun poète autorisé ne pouvait alors comme le faisait Biermann aborder les sujets brûlants ou épineux d'un socialisme dont les bases économiques ont été jetées, mais qui reste encore à construire. A l'encontre des poètes « officiels » qui, dès qu'ils abordent le terrain politique se muent la plupart du temps en laudateurs, voire en idéologues, Wolf Biermann reste ce qu'il est : un artiste politique affrontant les réalités de son pays en amont de la contradiction.

Ayant démasqué le visage corrupteur du pouvoir, il sait bien qu'aucun pouvoir au monde n'accepte de se voir remis en cause. Interdit pendant douze ans dans « son pays » Biermann était resté malgré cela le poète le plus libre de R.D.A. C'est sans doute là une des raisons pour lesquelles les autorités ont banni ce gêneur irréductible après l'avoir privé de public sans pour autant parvenir à l'isoler. Mais en dépit des interdits et des brimades Biermann est bien décidé à continuer sa route. Il a chanté dans son logis de Berlin-Est et chantera partout aussi longtemps qu'il aura une voix, des amours, une guitare et cette passion de la vie concrète qui éclate et se rit des systèmes et tabous. De là cette verve grinçante, cette haine joyeuse qui s'accrochent comme des teignes aux yeux, aux jambes, aux cheveux, aux langues... et à la mauvaise conscience des bureaucrates. C'est la lutte ancestrale du poète isolé, mais non solitaire contre le pouvoir.

Depuis novembre 76, l'ex-citoyen de R.D.A., Wolf Biermann est donc en exil en R.F.A. Mais la rage du chanteur communiste doit atteindre ses amis. Et son amour est forcené pour ceux qui restent fidèles à un idéal et se rient du confort, du succès, de la carrière, simplement parce que leur confort à eux, est de toujours se sentir à l'aise dans leur peau. Ce que ne peuvent ni les larbins du pouvoir, ni les carriéristes du dogme, ni les tricheurs, qui ont la bouche pleine d'un humanisme monnayable, nauséabond à force de duplicité.

Poète politique, Wolf Biermann, par ses chansons et ses prises de position met à nu l'hypocrisie d'un régime qui, tout en se réclamant solennellement du socialisme, est fondé sur les privilèges d'une caste étroite arrogante, cynique et corrompue. Biermann ne confond pas les acquis économiques du système — par exemple la suppression de la propriété individuelle des moyens de production — avec les exactions et les turpitudes des gouvernants. Biermann se montre ici encore disciple et compagnon de Robert Havemann, le savant anti-fasciste que le pouvoir ne cesse de tracasser, après l'avoir écarté de toute responsabilité et remplacé à l'Université par un ex-nazi.

Dès le 18 novembre 1977, Robert Havemann a d'ailleurs envoyé une lettre à Erich Honecker, Secrétaire général du S.E.D. et chef du gouvernement de R.D.A. (qui fut durant la guerre détenu lui aussi à la prison de Brandenbourg) une lettre (3). Dans ce message,

Robert Havemann faisait appel au sens socialiste des responsabilités de son « camarade » et dénonçait le caractère honteux pour la R.D.A. du bannissement du chanteur et poète tout en rappelant au dirigeant de son pays le rôle irremplaçable de la critique marxiste : « Celui qui ne la supporte pas reconnaît qu'il n'a rien à lui opposer si ce n'est la violence. » La lettre s'achevait sur un appel. « Wolf Biermann est devenu », écrivait Havemann, « un symbole d'espérance pour des millions de jeunes en R.D.A. » : « Ne détruisez pas cette espérance. Faites preuve de cette largeur de vue nécessaire dont personne ne vous croit plus capable et reprenez « l'inconfortable » Biermann au sein de l'Etat auquel appartient son amour passionné. »

Honecker n'a pas trouvé d'autre réponse à cette lettre que d'aggraver encore les conditions de « résidence surveillée » imposée depuis à l'illustre savant et philosophe antifasciste. De telles mesures, si elles illustrent parfaitement la « force » policière et la « faiblesse » politique de l'équipe dirigeante ne pourront jamais sortir le pays de l'impasse politique, moral et économique dans lequel il s'est, ou a été englué. Mais la répression semble bien la seule forme d'imagination dont dispose le pouvoir.

Avec Robert Havemann, Biermann représentait et représente encore en R.D.A. une possible mais exigeante opposition communiste. Hostile à ce qu'on appelle « libéralisation », phénomène se traduisant selon lui par l'octroi de « petites libertés », Wolf Biermann exige la « grande » liberté. A une époque où l'appareil d'Etat dispose de tous les moyens d'information et de coercition, Biermann se déclare ouvertement contre toute attitude conspirative. Et cette ligne, il l'a suivie sans s'en détourner un seul instant, tant dans ses chansons que dans ses interviews.

Déjà dans son recueil de 1968 : « Avec les langues de Marx et Engels » Wolf Biermann avait dénoncé la dégénérescence de ces pseudo-révolutionnaires que sont les bureaucrates. Le socialisme, ils le conçoivent comme un système économique, comme un moyen de parvenir à une société de consommation calquée sur celle des pays occidentaux. Ces dirigeants n'apportent donc rien de nouveau. Marx n'a-t-il pas déjà proclamé qu'en transformant le monde, l'homme se transformerait lui-même. Pour Biermann, le lieu de cette transformation ne peut être que le Parti. Le poète montre ici qu'il est resté un militant attaché à une forme d'organisation politique et sociale qui selon lui doit jouer le rôle d'une véritable famille :

> *As-tu un veau rouge sang*
> *Dans ton cœur, ma sœur*
> *Pour m'empêcher ainsi*
> *D'aller dans ta varenne ?*
>
> *Oh ! mon frère retire donc ton couteau*
> *de ma poitrine*
> *Il y a longtemps déjà*
> *Que je ne saigne plus*
> *Tant j'ai eu de tristesse*
>
> *Soulage ma mère mes frêles épaules*
> *de ta haine*
> *Car déjà me pèse si lourd*
> *Ton amour.*

On ne manquera pas de noter le ton pour nous étrangement « familial » de ces « Trois Paroles adressées (par le poète) à son Parti » (4).

Mais, cet appel à son Parti n'ayant pas été entendu, une tonalité nouvelle apparaît dans l'œuvre de Biermann, celle de la lassitude. Le poète-chanteur, privé alors d'audience, se déclare un instant fatigué de la politique et des massacres. Dans la chanson du « Grand encouragement » (5), il questionne un ami : « Quand donc cesseront ces souffrances ? » La réponse, dans sa forme négative, ne doit cependant pas nous tromper : « Nos souffrances prendront fin quand de nouvelles arriveront. » Pas de priorité donc à la résignation, il faut tout accepter et se battre. Espérance fragile, mais tenace. Un socialisme véritable ne serait-il pas possible un jour dans une R.D.A. retrouvée ? N'est-ce pas justement cette « espérance » que Biermann partage avec beaucoup en R.D.A. et ailleurs, qui a conduit, par contre-coup, les dirigeants « conservateurs » de R.D.A. à participer à l'invasion de la Tchécoslovaquie de Dubcek où précisément le rêve semblait en train de se réaliser ? Pour Wolf Biermann, il ne saurait y avoir de socialisme vrai sans liberté. Le socialisme n'est pas là pour rivaliser avec le capitalisme dans la course à la consommation car, en ce domaine, le capitalisme a fait ses preuves. Cet amour de la liberté parcourt toute l'œuvre et en particulier cette « Ballade du bilan de la trentaine » (6) qui s'achève par les paroles :

> « *Pourtant : la fleur-liberté fleurit*
> *Même dans les flaques de pluie*
> *On ne fait encore que rire*
> *Rien de plus que des bons mots*
> *Pourtant, le pissenlit fleurit*
> *Même dans les flaques de pluie*
> *On ne fait encore que rire...* »

Le pacifisme foncier de Biermann lui a valu beaucoup de critiques en R.D.A. Mais jamais il n'en a démordu. Ainsi dans la « Légende du soldat de la troisième guerre mondiale » (7), le rythme saccadé, la mélodie désespérée des strophes, contraste avec la douceur presque romantique du refrain :

> *C'est encore l'hiver*
> *Les soirs longs à l'entour*
> *Pleurent dans la neige*
> *Que nous soyons encore en vie*
> *Karin dans ce vent de froidure*
> *N'est-ce pas déjà beaucoup ?*

Maîtrise de la forme du Volkslied dans la petite chanson sur la mort de la mort (8), où on a l'impression de retrouver la gravure de Dürer représentant la Mort, le Chevalier et le Diable, mais non plus, cette fois, une mort victorieuse, mais une mort vaincue et mortellement atteinte par la guerre puisque :

> *Quand tous les hommes seront fichus*
> *Du pain, la mort n'en aura plus*

Mais la mort peut aussi avoir un visage plus familier, plus rassurant ! C'est ainsi que dans « Le cimetière des Huguenots » (9) le poète, en libre disciple de Hanns Eisler rend hommage aux grands disparus qui reposent dans le si pittoresque cimetière de Berlin : Brecht, Helene Weigel, sa femme, Hanns Eisler, mais aussi Karl Liebknecht, Rosa Luxemburg et Fichte et Hegel... La musique de Biermann, en prélude, est en rythme de blues et donne au poème une dimension internationale très émouvante.

L'émotion chez Biermann a d'ailleurs assez souvent une connotation religieuse, qui ne manque pas d'originalité chez un poète matérialiste.

Ainsi, parmi les meilleurs moments au plan musical, poétique et... politique, citons la « Petite chanson des valeurs sûres » (10) où le poète s'accompagne d'un harmonium et renoue ainsi avec le chant liturgique, mais avec une ironie du meilleur aloi qui se manifeste dans l'utilisation contrastée de deux registres de voix, tant au niveau du chanteur qu'à celui de l'instrument.

L'œuvre est riche en contraste et l'on passe plus d'une fois de façon inattendue de l'émotion au rire le plus gras. Ainsi avec la longue ballade qui ne comporte pas moins de vingt-cinq strophes en l'honneur d'une peu farouche Vénus plébéienne répondant au doux nom de Rita !

Cette « ballade de Rita » (11), très différente des autres chansons et moins artistique sans doute, s'apparente aux récits burlesques de Wilhelm Busch et, en même temps, à la technique de la bande dessinée dont l'ancêtre est sans doute le dessinateur anglais Hoggarth. Cette ballade se déroule dans le temps et nous livre une série de « grotesques » plein d'allant mettant, pas à pas, à jour les aspects caricaturaux et les déficiences d'un système « socialiste ».

Les aventures de Rita feront rire plus d'un « Funktionär » ou « permanent » de parti...

Mais à l'amour bassement et matériellement « intéressé » le poète préfère visiblement de plus nobles sentiments, sans pour autant jamais tomber dans un sentimentalisme bon marché. Il en va ainsi dans la chanson du Printemps sur le mont Klamott (12).

Ou encore dans cette « ballade du tankiste et de la jeune fille » (13), qui exprime la révolte du soldat contre la guerre et ses préludes, grandes manœuvres et jeux guerriers qui la justifient en temps de paix. Le soldat en permission achète en une seule fois toutes les balles d'un stand de tir à la fête foraine et les lance dans les branches des sapins de Noël. Une jeune fille arrive, une fleur de papier à la main elle l'embrasse et lui dit :

C'est toi qui vise le mieux.

On reconnaît là une préoccupation centrale de Biermann, celle de l'efficacité politique, car le poète reste sur le terrain militant, même si, depuis longtemps, il n'est plus intégré dans un « collectif ». Il se rattache lui-même au mouvement ouvrier international et œuvre individuellement à unir tous ceux qui, sur des chemins divers, veulent aller au socialisme. Depuis son arrivée en R.F.A., Biermann n'a cessé d'appeler à l'union de tous ceux qui souhaitent y instaurer le socialisme. Les dernières chansons qu'il a écrites « en exil » nous donnent un aperçu de ce nouveau chemin emprunté par le poète au milieu d'un ordre politique, économique et social « étranger ». Son instrument de lutte, c'est bien sûr la chanson, mais aussi la discussion publique avec ses auditeurs. Et chaque récital de Biermann est à la fois un événement artistique et une sorte de happening politique. Sa chanson est restée tout aussi critique qu'elle l'était en R.D.A. Critique à l'égard des autres, mais aussi à l'égard de lui-même :

Et la révolution mondiale, nous la faisons
dans l'immédiat et d'un seul coup
ou pas du tout. Mais nous n'avons pas fait un pas
pendant la longue marche*.

Aux gauchistes, Biermann explique les dangers du sectarisme ne menant qu'à l'isolement et à l'inefficacité. Aux socialistes du S.P.D., il tente de montrer les avatars de la collaboration de classe. Aux communistes la perversion d'un idéal. Il ne ménage pas davantage les intellectuels de gauche :

---

* Chanson occidentale ou petite chanson autocritique (mai 1978).

> *Chiches en actions mais riches en pensées*
> *Ils sont exactement comme*
> *Le capital les veut*
> *Comme le petit point sur le i...*

En face du terrorisme, Biermann n'a pas hésité à prendre position. Et le lecteur trouvera plus loin les lignes consacrées à ce phénomène doublement dangereux **...

A tous les hommes de gauche et, en particulier à tous les jeunes auxquels il s'adresse de préférence, il demande de résister aux tentations du désespoir :

> *Bien sûr, la droite est mauvaise, la gauche est faible*
> *Bien sûr hélas, trois fois hélas et encore hélas*
> *Eh bien chante avec moi cette complainte*
> *Mais ris aussi avec moi et AGIS* ***.

Qui ne décelerait dans les chansons de Biermann une grande convergence avec toute une génération d'ici et de là-bas ? désir que les grands mots usés ne peuvent plus exprimer, recherche d'authenticité et de vie pleinement vécue. Biermann est bien davantage que le porte-parole d'une idéologie. Il exprime ce qu'on a appelé « l'esprit de notre temps » et rien ne sert de se boucher les oreilles après avoir fermé les yeux. Bon gré, mal gré, ce cri s'amplifiera. Dans ces chansons-là, Biermann accomplit ce que seuls les artistes peuvent faire : donner à voir et à entendre un idéal fragile et difficile et conférer forme véritable aux grands désirs humains.

Ce n'est pas par hasard non plus si Biermann a transposé en allemand les poèmes écrits en prison par le poète soviétique **Youli Daniel**. Ces poèmes, Biermann les introduit dans un prologue :

> *Voici des poésies*
> *de Youli Daniel — U.R.S.S.*

** Stuttgart, hélas, ruisselante et belle... p. 236.
*** Ce qui nous démolit — über des Zugrundegehen, p. 240.

> *échos*
> *de la fosse aux lions...*

et les fait suivre d'un épilogue dont nous ne citons que le dernier quatrain

> *Je suis trop las pour ruser, plus assez orgueilleux*
> *ou vieux pour la mort,*
> *votre arlequin — je n'ai plus qu'une crainte*
> *c'est de vivre à genoux.*

Par-delà toutes les différences, il y a entre le poète soviétique et son interprète allemand cette solidarité née de l'épreuve et en face de laquelle les pouvoirs établis resteront à jamais impuissants.

Pour Biermann, la politique au sens noble du terme — c'est-à-dire la politique désintéressée — est le terreau d'où naissent ses chansons. Il se situe, on le voit, assez loin d'un Georges Brassens à qui il doit cependant beaucoup comme nous le verrons plus loin.

En 1972, cinq ans après « Avec les langues de Marx et Engels », le poète dans son recueil « Pour mes camarades » réclame la mise en œuvre du socialisme au sein même du socialisme. Dénonçant à l'avance toute déformation intentionnelle de ses idées, Biermann a fait insérer dans l'ouvrage un véritable « mode d'emploi ». En s'adressant directement aux « lecteurs des pays capitalistes il désirait prévenir les objections officielles ou officieuses que son nouveau livre pouvait susciter en R.D.A. Citations à l'appui — de Mao à Honecker — il y revendique le droit à une liberté complète d'opinion et d'expression. En outre, le poète prend soin d'introduire chaque partie de son recueil par une pensée politique empruntée aux classiques du marxisme. De Rosa Luxemburg, il cite entre autres le fameux passage relatif à l'initiative des masses : « c'est parce qu'elle se ferme aux sources vivantes de la richesse intellectuelle et du progrès que la vie publique des pays où la liberté est limitée atteint un tel degré de misère, de pauvreté, de dogmatisme et de stérilité. C'est toute la masse du peuple qui doit participer, sinon le socialisme sera décrété octroyé de leur bureau par une douzaine d'intellectuels. » Et avec Rosa Luxemburg encore, Biermann insiste sur cette primauté de la démocratie, c'est-à-dire sur le rôle vivant du peuple, opposé aux actes stériles et négatifs des bureaucrates.

« La tâche historique du prolétariat parvenu au pouvoir consiste à établir la démocratie socialiste en lieu et place de la démocratie bourgeoise et non à éliminer toute démocratie. »

Wolf Biermann, on le constate, ne se complaît pas dans des généralités. Ses citations sont autant d'indications sur ce qu'il juge essentiel de dire en clair à tous ses camarades de lutte. Comment selon lui ne pas méditer particulièrement en R.D.A. cette mise en garde de Rosa Luxemburg :

« Sans élections générales, sans liberté totale de presse et de réunion, sans liberté d'opinion, la vie de toute institution publique dépérit et se transforme en une vie factice au sein de laquelle seule la bureaucratie demeure active. Une clique dirigeante exerce la dictature. Mais ce n'est plus alors la dictature du prolétariat, mais la dictature d'une poignée de politiciens, c'est-à-dire une dictature au sens bourgeois du terme. »

Fidèle à l'esprit de Karl Marx, le poète rappelle que les révolutions prolétariennes ont pour caractéristique de se remettre constamment en question et de ne jamais s'accommoder de leurs faiblesses initiales. Ici la critique de Biermann et celle que Bahro a faite dans son livre « l'Alternative » se rejoignent en dépit de la différence de leur forme.

En lecteur averti de Lénine enfin, Biermann appelle de ses chansons l'indispensable — mais non inéluctable — dépérissement de l'Etat et du pouvoir.

Les citations politiques que Biermann place en exergue de ses poèmes n'enlèvent rien à la faconde, à la drôlerie, au sérieux des chansons auxquelles ces rappels théoriques donnent une sorte de contre-point inattendu.

C'est à Robert Havemann que Biermann a tenu à dédier toute son œuvre écrite en R.D.A. et rassemblée par lui sous le titre *Nachlaß I* c'est-à-dire *Œuvres posthumes I*, car Biermann, en perdant son pays d'adoption a réellement vécu une sorte de mort. Dans ces œuvres posthumes, le lecteur retrouvera donc l'ensemble des poèmes parus chez Wagenbach (Berlin-Ouest) à partir de 1965, depuis cette *Harpe de Barbelés* (1965) qui fit sensation dans les deux Allemagnes jusqu'aux chants *Pour mes camarades,* parus en 1972, en passant par le recueil : *Avec les langues de Marx et Engels* (1968), le *Dra-Dra* (le dragon 1970) (15), une pièce musicale satirique inspirée par le Dragon de Evgueni Schwartz et relatant la lutte épique menée par le héros Hans Volk, c'est-à-dire « Jean du peuple » contre le pouvoir-dragon. En 1972 parut également chez Wagenbach *l'Allemagne, un conte d'hiver* (16) au titre inspiré de Henri Heine et relatant le voyage du poète de Berlin à Hambourg. La même année ce fut aussi « le rapport » (17) du camp socialiste de Jouli Daniel, libre transposition par Wolf Biermann des poèmes du dissident soviétique, un recueil où vérité et poésie se confondent. Ce Biermann-là a disparu à jamais : célébrité clandestine que tout visiteur voulait entendre en ce Berlin-Est, dont il était devenu un des « monuments » les plus courus, et qui vous recevait souvent de fort méchante humeur ; comment travailler en effet avec cet afflux d'amis et de curieux. Il fuyait alors vers la Baltique pour écrire au milieu des dunes. A moins que, craignant pour sa sécurité — comme ce fut le cas en 1968 — il ne se réfugie auprès de ses frères les tziganes auxquels il a dédié un chant très émouvant : « Stillepenn Schlufflied » (18).

Depuis sa déchéance de la nationalité est-allemande, Biermann n'a cessé de voyager. Il a participé en Espagne à la campagne électorale, chanté pour les ouvriers de Fiat à Florence (19), et pour les travailleurs grecs d'Athènes. Sans parler des récitals et rencontres en Hollande, en Italie et en R.F.A. Il a aussi participé en Crête aux rencontres pour le socialisme dans l'été 77 ainsi qu'à la Biennale de Venise aux côtés de Siniavski, Brodski, Efim Etkind, Nekrassov et Goldstuecker.

Solidaire des tziganes et de toutes les minorités opprimées Biermann a, en octobre 1977, chanté pour les Indiens des U.S.A. et d'Amérique du Sud lors d'une soirée de solidarité organisée à Hambourg. Il y a interprété la chanson de Daniel Viglieti : « Donne ta main aux Indios » qu'il a pour la circonstance transposée en allemand.

Au moment où Biermann fut déchu de sa nationalité est-allemande nous nous demandions : « Que chantera Biermann demain ? » Nul doute que la tonalité devra changer — Biermann ressuscité ne fera plus la même route, n'emploiera sans doute plus les mêmes moyens. Mais où trouvera-t-il de nouvelles racines, ayant perdu celles qui furent les siennes en son exil intérieur de R.D.A., où jamais il n'avait perdu le contact avec la vie quotidienne de ses concitoyens. D'un jour à l'autre, Wolf Biermann est pratiquement devenu apatride. Signe des temps, le poète ne saurait-il avoir d'autre patrie que l'univers ?

Biermann reste donc un exilé. La R.F.A., où il réside, n'est pas son pays, et il est peu probable qu'elle le devienne jamais. Un pays a les poètes qu'il mérite, même si l'Etat les pourchasse et les bannit. Et la R.F.A. n'est pas terrain de prédilection pour Biermann, plus proche de Che Guevara que de Willi Brandt et plus proche sans doute aussi des Chiliens que de beaucoup de gauchistes allemands.

Comment en effet le fils de Emmi et de Dagobert pourrait-il se trouver à l'aise dans l'Allemagne de la consommation et... des interdictions professionnelles ? Böll et Wallraff l'ont certes accueilli avec amitié, mais ils n'ont pas comme lui été nourris de socialisme militant. Biermann, comme Heine, a pour l'Allemagne un sentiment d'amour mêlé de haine. Hitler a tué le père, Honecker a exilé le fils de l'antifasciste. Les deux systèmes, totalement opposés par l'inspiration et l'origine, ont en commun la répression et les exilés. Les maîtres de Wolf Biermann : Hanns Eisler et Brecht ont dû fuir l'Allemagne fasciste. Et voici leur disciple exclu de la R.D.A. Règne de l'absurde ou logique du pouvoir ?

Devenu un moment objet de « sensation » pour la grande presse et les mass-media, Wolf Biermann reste irrécupérable, tant pour les besoins d'une propagande anti-R.D.A. que pour ceux de la presse officielle de R.D.A. qui à aucun moment n'a osé publier la moindre ligne de ses écrits, poèmes ou proses, tant ces textes sont véridiques et inattaquables [20]. Le Neues Deutschland s'est contenté de calomnier et n'a donné la parole qu'à ceux qui par ignorance, lâcheté ou carriérisme se sont jetés comme loups voraces sur leur proie, un poète privé de droit à la parole et bien sûr de tout droit de réponse. Tristesse de voir figurer parmi les délateurs quelques noms réputés, rares il est vrai. Mais il y eut heureusement pour la R.D.A. l'honnêteté de Christa et Gerhard Wolf, de Stefan Hermlin, de Stefan Heym de Sarah Kirsch, le courage de Jürgen Fuchs, de Gerulf Pannach, Christian Kunert pour ne citer que quelques noms connus sans compter tant d'autres simples gens, ouvriers, intellectuels, étudiants, artistes, face à la bêtise du pouvoir qui n'a pas encore compris que l'on ne peut faire taire la voix de la vérité — celle des poètes.

La honteuse déchéance de nationalité de Wolf Biermann évoque des souvenirs allemands qu'il n'est pas nécessaire de rappeler ici. Elle a été suivie d'une véritable chasse aux sorcières dont les effets sur le prestige et la vie culturelle de la R.D.A. sont incalculables. La R.D.A. a, de cette manière, perdu grand nombre de créateurs, poètes, écrivains, artistes et souvent parmi les meilleurs.

Tous ces exilés de R.D.A. ne vont-ils pas par leurs œuvres apporter quelque chose de nouveau en R.F.A., redonnant étrangement une sorte d'unité aux Allemagnes ?

Wolf Biermann a dans un premier temps refusé la nationalité Ouest-Allemande, puis il a adhéré à la section de Hambourg du P.C. espagnol [20], une manière de prendre ses distances à la fois par rapport au système capitaliste occidental et au système socialiste féodal de R.D.A.. Wolf Biermann reste un chanteur politique, un chanteur démocrate partout où il monte sur scène. Son génie même ne connaît pas d'autre voie. Attaqué à gauche par les « Radikalen » et les membres du D.K.P. et à droite par la C.D.U., Biermann n'a pas pour autant trouvé le soutien du parti social-démocrate qui ne sait trop que faire de lui. Ainsi la marginalité de Biermann est-elle demeurée jusqu'à ce jour exemplaire.

Icare des temps modernes, Wolf Biermann a vu ses ailes tomber en même temps que ses illusions. Il pensait pouvoir « tenir » en R.D.A. jusqu'à l'avènement d'un socialisme à visage humain — détruit à Prague par les tanks du Pacte de Varsovie.

Mais en tombant dans l'océan des grandes villes industrielles de R.F.A., Icare aura, nous l'espérons, trouvé un nouveau tremplin. Jette-toi sur le monde, ne te confine pas dans la misère allemande de R.D.A. et de R.F.A. lui dis-je lors d'une rencontre Chausseestraße en 1969. En l'exilant, le gouvernement de R.D.A. conduit Biermann à poursuivre un chemin qui concerne tous les hommes en cette époque où la grande alternative de l'être et de l'avoir est de plus en plus à l'ordre du jour. On sait maintenant ce que Biermann peut faire en face de cet appel à une vie nouvelle qui monte des profondeurs. « So soll es sein — So wird es sein » (Ainsi soit-il et ça ira) (22), sur ce cri d'espérance mêlée d'angoisse s'achève le Testament du poète vivant. Se trouvera-t-il des chanteurs français pour s'emparer de ce testament musical ? Cette traduction n'a, à nos yeux, qu'une ambition, celle d'être un prélude à une telle transposition. Chanter Biermann en français ne serait que justice puisqu'aussi bien le poète allemand n'a cessé d'admirer la chanson française et ses représentants ! Ce n'est pas hasard non plus s'il a choisi pour modèle le plus grand chansonnier français du siècle dernier, Pierre Jean de Béranger.

Nous ne dirons pas cependant de Biermann que c'est un chansonnier, car ce terme est en France si décrié qu'on a pu, comme l'a justement noté Aragon, exclure de notre littérature Béranger, Pierre Dupont et Eugène Pottier comme on a très longtemps exclu un Daumier de la peinture, en qui on ne voulait voir qu'un caricaturiste. Et Biermann, précisément, est un peu chansonnier comme Daumier était caricaturiste. Nous dirons donc de lui qu'il est un poète chanteur, un « faiseur de chansons » comme il se présente lui-même.

Privés de musique, ses textes restent simples moitiés de l'œuvre. Les partitions qui accompagnent cette édition ont donc à nos yeux autant de valeur que les textes, même si leur « code » n'est pas pour chacun aisément déchiffrable. Notre traduction se devait d'être aussi accessible et fidèle que possible et ne saurait donc être considérée comme une transposition des poèmes pour le chant dans notre langue. Le travail de parolier doit, nous semble-t-il, se faire avec le, ou les chanteurs qui auront le courage et la chance d'interpréter Biermann dans la langue de Villon, de Béranger, de Rimbaud et de... Brassens.

Wolf Biermann et la France (23).

Ce sont en effet ces quatre poètes qui ont, du côté français, le plus influencé Biermann.

D'abord, François Villon, que Biermann a ressuscité en le faisant escalader le mur de Berlin :

> *Mon grand frère François Villon*
> *Loge dans ma chambre*

> *et quand des gens viennent fouiner chez moi,*
> *Villon se cache dans ma penderie* (2).

Et la ballade-bilan de la trentaine (6) n'est-elle pas écho moderne du célèbre Testament de Villon :

> *En l'an trentième de mon âge...*

François Villon et Biermann ont en commun leur angoisse et le sens du grotesque, l'imagination fertile et le refus de l'autorité, la révolte contre toute injustice comme le goût pour les humbles et pour l'atmosphère estudiantine, et enfin l'amour indéracinable de l'amour.

Mais Biermann, s'il s'inspire de Villon, ne l'imite pas. En commun, ils ont plutôt de vivre au sortir de deux cataclysmes. Villon, après la Guerre de Cent ans. Biermann, après la seconde guerre mondiale. Tous deux aiment la forme de la ballade, les poésies rythmées, les discours en vers. Le lais de Villon et le Conte d'hiver de Biermann en sont la preuve, encore que pour le second, on ne puisse nier le parrainage de Henri Heine. Mais il y a aussi Rimbaud, en qui Biermann voit l'héritier direct de Villon. Comme les deux poètes français, Biermann est un nonconformiste, un hérétique vivant et chantant une nouvelle manière de vivre, au sens où l'entendait André Breton.

Avec Marx, Biermann entend transformer le monde, avec Villon et Rimbaud, changer la vie. Toutes ces ressemblances n'empêchent pas que Biermann œuvre d'une certaine manière à l'opposé de celle de Villon : ce dernier en effet a libéré la poésie de la musique, Biermann au contraire, réconcilie les deux muses.

Après Villon, il y a Pierre-Jean de Béranger que Biermann connaît mieux que la plupart de nos compatriotes. Avec le grand chansonnier du XIXᵉ siècle, que Stendahl, George Sand, Vigny, Mérimée, Victor Hugo ont admiré et dont Goethe lui-même a remarqué « cette haine dirigée contre le règne des curés et contre l'obscurantisme qui menace de revenir et c'est là une chose à laquelle on ne peut refuser son accord profond »... « Ses chansons » a ajouté Goethe « ont réjoui bon an, mal an des millions d'êtres, elles peuvent être chantées par la bouche de la classe travailleuse, mais elles s'élèvent à un tel degré au-dessus des airs habituels que le peuple, par la fréquentation de cet esprit charmant, est conduit et s'habitue à penser de façon plus noble... Que peut-on dire de mieux d'un poète... » (24).

Avec Béranger, Biermann a en commun le non-conformisme, le goût de l'anecdote significative, de la critique gouailleuse et caustique non exempte de sentimentalité. Comme Béranger Biermann pourfend les puissants et campe dans ses chansons les simples gens en butte à la mesquinerie et à la bêtise des puissants. Il est le poète des humbles, de tous ceux dont l'histoire ne retient pas le nom, bien que ce soient eux qui la font. Comme son modèle français Wolf Biermann possède surtout ce fameux regard venant du peuple que Biermann appelle le regard d'en bas. Les limites poétiques de Béranger, Biermann, à tort, les pense siennes. Mais Béranger fournit justement le modèle de ce qu'un talent moyen peut atteindre lorsque par toutes les fibres de son être, il reste lié au peuple. Béranger peut aussi être considéré comme le modèle de poète politique choisi par Biermann alors que Villon lui fournit son modèle poétique. « Ma Muse, c'est le peuple » et « La défaite est plus conforme à ma nature que la victoire » disait Béranger. Ces deux phrases du chansonnier de la Restauration, Biermann, les prend entièrement à son compte. Et des chansons comme la « Ballade de la Secrète » (25), ou encore une pièce de théâtre chantée comme le « Dra-Dra » attestent que Biermann, à l'instar de Béranger, refuse toute compromission avec le pouvoir de son pays, la R.D.A. Biermann, cependant, est tout sauf un idéologue austère. Sa libre traduction de la chanson de Béranger : « Le roi d'Yvetot » (1813) campe en face du peu amène Ulbricht, un petit roi plein d'humour et de gaîté qui n'aurait nulle place dans un quelconque bureau politique.

Voici en avant-première deux strophes de la transposition en allemand du « roi d'Yvetot » de Béranger par son émule « berlinois ».

Texte de Béranger
(strophes I & IV)

Il était un roi d'Yvetot
Peu connu dans l'histoire
Se levant tard, se couchant tôt
Dormant fort bien sans gloire
Et couronné par Janneton
D'un simple bonnet de coton
Dit-on
Oh! oh! oh! oh! ah! ah! ah! ah!
Quel bon petit roi c'était là
la, la

Aux filles de bonnes maisons
Comme il avait su plaire
Ses sujets avaient cent raisons
de le nommer leur père :
D'ailleurs il ne levait de ban
Que pour tirer quatre fois l'an
Au blanc
Oh! oh! oh! oh! ah! ah! ah! ah!
Quel bon petit roi c'était là!
la, la

Texte de Biermann :

Ein König gabs in Yvetot
Kaum nennt ihn die Historie
Er schlief wie'n Gott auf Haferstroh
Und pfiff auf Pomp und Glorie
Man sagt, daß ihn gekrönt
einfach
Mit einer Zipfelmütz Jeanette
im Bett!
Lieb war der kleine König ja
Das war ein guter Volkspapa ja, ja!

Den Mädchen tat er Gutes an
Ein Hahn mit vielen Hennen

> Mit Recht und sinnvoll konnte man
> Ihn Landesvater nennen.
> Kindstaufen überall im Land
> Wo er vergnüglich Pate stand, galant !
> Lieb war der kleine König, ja
> — das war ein guter Volkspapa, ja, ja !

Beaucoup d'autres chansons de Biermann sont encore révélatrices de cette influence « politique ». Ainsi en est-il par exemple de la chanson « Ainsi soit-il » où Béranger place son espérance dans l'an trois mille. Dans « So soll es sein » (26), Biermann appelle ses auditeurs à l'action immédiate, ce dont le titre français du poème rend compte (avec l'assentiment du poète). « Il en sera ainsi » — traduction littérale — devenant : « et ça ira » pour montrer comment la volonté révolutionnaire de Biermann se substitue à l'espérance utopique du chansonnier français du xixe siècle.

Il faut dire enfin que Biermann crée lui-même sa musique, alors que Béranger écrivait ses textes sur des airs connus. Parmi les chanteurs français Biermann admire d'abord Yves Montand pour son talent et sa droiture. Et il a transposé en allemand des chansons populaires auxquelles Montand a donné vie nouvelle : Le roi Renaud (27), Trois jeunes tambours (28), le Chant du Soldat, Aux marches du Palais.

Mais c'est sans doute à Brassens et singulièrement à la chanson « il n'y a pas d'amour heureux » (texte d'Aragon) que Biermann doit d'être venu à la chanson. Amoureux d'une Française, elle même pleine de ferveur pour Brassens, il ne put supporter la concurrence :

« J'étais dans son lit, mais Brassens était dans ses oreilles », dit-il en son langage imagé. Hasard heureux et preuve que l'art véritable a un pouvoir fécondant par-delà les frontières, alors que le pouvoir tout court enferme les hommes dans les frontières désormais vaines et trop étroites des nations et des structures sociales figées. De Brassens, Biermann n'a traduit que peu de chansons. Parmi elles, notons « La cane de Jeanne », « Quand Margot », et surtout « Les croquants » dont le texte en allemand est plus rude et plus dur que celui de Brassens, modèle par rapport auquel

Biermann, à plusieurs reprises, a pris ses distances, ne pouvant se satisfaire de cette gentillesse un peu anarchisante qui selon lui caractérise son aîné.

Très différente de celle de Brassens, la musique de Wolf Biermann est une musique artistique *et* plébéienne, entretenant avec le texte un rapport antithétique, un peu comme celle de Hanns Eisler qui fut le grand modèle musical de Biermann. Avec un grand sens de la mélodie, mais aussi celui des variantes, Biermann utilise non seulement la guitare où il est passé maître, mais aussi l'harmonium, la vielle, les percussions et le mixage radiophonique.

La voix de Biermann ne cherche pas l'effet de charme comme celle de Brassens, mais elle possède des registres et des timbres étonamment variés. Il ne s'agit chez lui aucunement d'une recherche de sonorités agréables, mais plutôt d'un mélange judicieux de tons tantôt doux, tantôt rauques et capables de passer de la mélancolie du flamenco ou des blues à la brutalité d'une marche que ponctue le plat de la main sur la caisse de résonance de la guitare, comme c'est le cas dans « Soldat, Soldat ». Il est fréquent d'ailleurs que, quittant le chant, Wolf Biermann se mette à siffler, à gémir à crier, à fredonner ou à rire.

Artiste et chanteur populaire, Wolf Biermann est selon nous le poète le plus représentatif de la vie des deux Allemagnes contemporaines. Son existence et l'écoute de ses chansons pourrait bien être salutaire à tous ceux qui risquent d'être vulnérables au poison anachronique de la germanophobie.

J.-P. H.

Le présent recueil fait suite au volume paru en 1972 sous le titre *La Harpe de barbelés*. Il rassemble un choix de poèmes et chansons écrits par Wolf Biermann en R.D.A.

On trouvera en fin de volume les partitions des chansons suivies d'un astérisque.

So große Freude hab' ich jetzt
Ich sollte wohl singen.

Ach, aber singen
Jetzt mag ich nicht singen

Du, diese Freude,
Zuviel hat die Freude mich ja gekostet
an Traurigkeiten.

J'ai maintenant si grande joie
que je devrais bien chanter

Mais hélas, de chanter
je n'ai pas envie

Tu sais, cette joie,
je l'ai trop cher payée

en tristesse

TISCHREDE DES DICHTERS
im zweiten mageren Jahr

Ihr, die ihr noch nicht ersoffen seid, Genossen
Im Schmalztopf der privilegierten Kaste
ach, wie lang schon lag ich euch nicht in den Ohren!
Wenn durch den nächtlichen Fernsehhimmel
Die obligaten Kastraten in eure Kanäle schiffen
Wenn auf euren erblindeten Bildschirmen
Die keimfreien Jungfrauen flimmern
Wenn die Sandmännchen vom Dienst durch die Röhre

Die euch verordneten Schlaftabletten reichen
Das alles noch mag hingehn, Genossen, aber:
Wenn sie euch abfüttern mit ihren verfluchten
Ideologischen Wassersuppen, die feisten Köche
Dann quält mich doch, ich gebe es zu, Heißhunger
Nach eurem Hunger, Genossen, auf schärfere Sachen:
Stück Fleisch in die Zähne. Wollet euch erinnern:
Fast fettlos gebraten, das Salz erst zuletzt dran
Damit nicht auslaufen die himmlischen Säfte
Dazu mein Salat mit gehörigen Mengen an
Cayenne-Pfeffer, der lang nach dem Essen
Den Gaumen noch foltert, Zitrone und Knoblauch
Im Dampf des Olivöls schwimmen geschlachtet
Die roten Tomaten Arm in Arm mit den Gurken
Zur Hochzeit in knackigen Kähnen des grünen Salats
Und Salz und Salz! Die Weisheit gestorbener Meere:
Das wohlschmeckende, das ungesunde Salz!
Und! Wie wir dann lässig die Milch in uns schütten
Die sanfte, die gute aus bauchigen Bechern!
Da könnt ihr was lernen, ihr Arschlöcher!
O wollet, Freunde, euch bitte erinnern:
Es munden dem Volke die fetten Ochsen
Seit je in der *Pfanne*!

TOAST DU POETE
la seconde année des vaches maigres

Camarades, vous qui ne vous êtes pas encore noyés
Dans le pot de saindoux de la caste privilégiée
Depuis combien de temps ne vous ai-je pas cassé les oreilles !
Quand, dans la nuit du ciel télévisé
Les castrats de service naviguent sur vos canaux
Quand sur vos écrans atteints de cécité
Les vierges aseptisées se mettent à scintiller
Et quand les marchands de sable de service, au travers des tubes
[de télé
Vous tendent les somnifères qu'on vous a prescrits
Tout ça peut aller encore, camarades, mais :
Quand ils vous gavent de leurs maudites
Soupes à l'eau idéologique, ces épais cuisiniers
Alors je l'avoue, votre faim m'affame
Camarades, je rêve de nourritures plus relevées
Un bout de viande sous la dent. Voulez-vous vous souvenir :
Grillée, presque sans graisse, un peu de sel, juste à la fin
Pour que ne s'échappe point le jus divin
Et avec ça, ma salade bien assaisonnée
De ce poivre de Cayenne qui, longtemps après le repas
Vous torture encore le palais, et en plus du citron et de l'ail
Dans la vapeur de l'huile d'olive nagent, trucidées
Les tomates rouges, bras dessus, bras dessous avec les courges
Allant à la noce dans les esquifs craquants de la verte salade
Et du sel ! Encore du sel ! Sagesse des océans défunts
Le sel, savoureux et malsain !
Et puis ! Comme nous laissons couler en nous négligemment
Le lait si doux, le bon lait dans les coupes ventrues
Et là, vous pouvez apprendre quelque chose, trous de cul !
O mes amis, s'il vous plaît, rappelez-vous :
Depuis toujours, le peuple apprécie les bœufs gras
Au fond de la *poêle de fer !*

Nicht aber im *Amte*!

Unter uns gesagt: Startet denn wirklich unser nächstes
Größeres Freßgelage, Genossen
Erst beim Leichenschmaus?!
Am Grabe der Revolution?!

Et non chez *les ronds de cuir!*

Entre nous soit dit, camarades, notre future grande bouffe
Ne doit-elle vraiment commencer
Que lors du repas funèbre?!
Devant le tombeau de la Révolution?!

PORTRAIT EINES ALTEN MANNES

Seht, Genossen, diesen Weltveränderer: Die Welt
Er hat sie verändert, nicht aber sich selbst
Seine Werke, sie sind am Ziel, er aber ist am Ende

Ist dieser nicht wie der Ochse im Joch
des chinesischen Rades? Die Wasser
hat er geschöpft. Die Felder
hat er gesättigt. Der Reis
grünt. Also schreitet dieser
voran im Kreise
und sieht auch vor sich nichts, als
abertausendmal eigene Spur im Lehm
Jahr für Jahr wähnt er also, der Einsame
den Weg zu gehen der Massen. Und er läuft doch
sich selbst nur nach. Sich selber nur
trifft er und findet sich nicht
und bleibt sich selber immer der Fernste

Seht, Genossen, diesen Weltveränderer: Die Welt
Er hat sie verändert, nicht aber sich selbst
Seine Werke, sie sind am Ziel, er aber ist am Ende

Das seht, Genossen. Und zittert!

PORTRAIT D'UN HOMME VIEUX

Voyez, camarades, cet homme qui change le monde
Il l'a changé, mais ses travaux ne l'ont pas transformé
Ses travaux, ils ont abouti, mais lui, c'est un homme fini.

N'est-il pas semblable au bœuf rivé
à la roue chinoise ? Les eaux
il les a puisées. Les champs
il les a abreuvés. Le riz
devient vert. Ainsi avance-t-il
le premier et tourne en rond
et ne voit rien d'autre devant lui
que des milliers de fois sa propre trace dans l'argile
Bon an, mal an, il croit ainsi, ce solitaire
aller le chemin des masses. Mais il ne fait que courir
après lui-même et ce n'est que lui
qu'il rencontre et qu'il ne trouve pas
c'est de lui-même qu'il reste le plus lointain

Voyez camarades, cet homme qui change le monde. Le monde
il l'a changé, mais ses travaux ne l'ont pas transformé
ses travaux, ils ont abouti, mais lui, c'est un homme fini.

Voyez cela, camarades, et tremblez !

LIED DES ALTEN KOMMUNISTEN F.

* p. 255

Die Jahre verrasseln mich
immer mehr ins
immer Weniger

So aber, Genosse, geh ich zum Tod:
wissend und trotzdem handelnd
handelnd und trotzdem lachend

Lachend, mit zahnlosem Mund
beiß ich mein Brot

CHANSON DU VIEUX COMMUNISTE F.

En cliquetant les ans
me mènent de plus en plus
vers moins que rien

C'est ainsi camarade, que je marche vers la mort
je sais et malgré cela j'agis
j'agis et malgré ça, je ris

Je ris de ma bouche édentée
et je mords dans mon pain

FRAGE UND ANTWORT UND FRAGE

Es heißt: Man kann nicht mitten im Fluß
die Pferde wechseln
Gut. Aber die alten sind schon ertrunken

Du sagst: Das Eingeständnis unserer Fehler
nütze dem Feind
Gut. Aber wem nützt unsere Lüge?

Manche sagen: Auf die Dauer ist der Sozialismus
gar nicht vermeidbar
Gut. Aber wer setzt ihn durch?

QUESTION, REPONSE, QUESTION

On dit : On ne peut pas au milieu du fleuve
changer de chevaux
Bon. Mais les précédents déjà se sont noyés

Tu dis : L'aveu de nos erreurs
profite à l'ennemi
Bon. Mais à qui donc profitent nos mensonges ?

D'aucuns disent : A la longue, le socialisme
est tout à fait inévitable
Bon. Mais qui le réalisera ?

FRITZ CREMER, BRONZE: » DER AUFSTEIGENDE «

Mühsam Aufsteigender
Stetig Aufsteigender
Unaufhaltsam aufsteigender Mann

Mann, das ist mir ja 'n schöner Aufstieg:
Der stürzt ja!
Der stürzt ja fast!
Der sieht ja aus, als stürze er
Fast sieht der ja aus, als könnte er stürzen

Steigt aber auf
Der steigt auf
Der steigt eben auf!
Der steigt aber mächtig auf!
Der hat Newtons berühmten Apfel gegessen:
Der steigt einfach auf

Noch nicht die kralligen Zehen, aber
Die Hacke riß er schon vom Boden
Uber das Knie zerren die Sehnen das Bein
Auf Biegen und Brechen zur Geraden
Das wieder stemmt hoch ins Becken
Die Hüften wuchten nach oben
Aufwärts auch quält sich der massige Bauch
Die den Brustkorb umgürten:
Die Muskelstränge, sie münden
Vorbei am mächtig gebeugten Kopf
In jener Schulter. Ergießen sich dann
In jenen Arm. Und stürzen weiter
Bis in die Hand. Schnellen hoch
In die Fingerspitzen. Ja!
Dieser Fleischklotz strebt auf
Dieser Koloß steigt und steigt

FRITZ CREMER, BRONZE : « DER AUFSTEIGENDE » (29)

Toi qui montes à grand peine
Toi qui montes sans cesse
Homme montant irrésistiblement

Bougre ! Quelle ascension je vois là :
Mais il tombe !
Il tombe presque !
Il a l'air de quelqu'un qui tombe
Il a presque l'air de vouloir tomber

Mais il monte
Oui, il monte
Lui, il monte !
Et il monte puissamment !
Il a croqué la fameuse pomme de Newton :
Tout simplement, il monte

De son talon il a quitté le sol
Mais non encore de ses orteils griffus
Au-dessus de son genou, les tendons tirent à se rompre
Sa jambe en ligne droite
La jambe à son tour élève haut le bassin
Les hanches se dressent
Le ventre massif fait effort pour se hisser
Ceinturant le thorax
Les faisceaux de muscles aboutissent
Non loin de la tête puissamment penchée
Jusqu'à l'épaule que voilà pour ensuite se déverser
Dans ce bras là, et continuer leur chute
Jusqu'à la main — pour rebondir
Jusqu'à l'extrémité des doigts — oui !
Ce bloc de chair tend vers le haut
Ce colosse monte, monte

— das ist eben ein Aufsteigender!
Der steigt unaufhaltsam auf
— mühsam auch, ich sagte es schon —
Diesen Mann da nennen wir zu Recht:
DEN AUFSTEIGENDEN

Nun sag uns nur noch das:

Wohin steigt dieser da?

Da oben, wohin er steigt
was ist da? Ist da überhaupt
oben?

Du, steigt der auf zu uns?
Oder steigt er von uns auf?

Geht uns der voran?
Oder verläßt er uns?

Verfolgt er wen?
Oder flieht er wen?

Macht er Fortschritte?
Oder macht er Karriere?

— C'est ça ! un homme qui monte ! —
Il monte irrésistiblement
— A grand peine, je l'ai dit —
A juste titre, on l'appelle :
CELUI QUI MONTE

Alors dis nous encore une chose :

Où monte-t-il donc celui-là ?

Là-haut, là où il monte,
Qu'est-ce qu'il y a ? Est-ce là
En haut ?

Dis donc, est-ce qu'il monte vers nous ?
Ou monte-t-il en s'éloignant de nous ?

Est-ce qu'il nous précède ?
Est-ce qu'il nous quitte ?
Poursuit-il quelqu'un ?
Ou fuit-il devant quelqu'un ?

Fait-il des progrès ?
Ou bien fait-il carrière ?

Oder soll er etwa, was wir schon ahnten:
Ein Symbol sein der Gattung Mensch?
Steigt das da auf
Zur Freiheit, oder, was wir schon ahnten:
Zu den Fleischtöpfen?
Oder steigt da die Menschheit auf
Im Atompilz zu Gott und, was wir schon ahnten:

Ins Nichts?

So viele Fragen um einen, der aufsteigt

Ou bien, comme déjà nous l'avions pressenti
Est-ce un symbole de l'espèce humaine ?
Est-ce que ça, ça monte
Vers la liberté — ou bien, comme nous l'avions déjà pressenti
Vers les marmites débordantes de viande ?
Ou bien est-ce l'humanité qui monte là
En champignon atomique vers Dieu, et, comme nous l'avions déjà
[pressenti,
Vers le Néant ?

Tant de questions à propos d'un homme qui monte

DIE LEGENDE
vom Soldaten im dritten Weltkrieg

* p. 256

1
Vom Morden am Morgen begehrlich gemacht
Schlief der Soldat so schön
Er lag auf ihr, sie konnte dabei
Die Sterne der Heimat sehn.
Atomraketenhagel fiel
Vom Himmel blau und klar
Die meisten Bomben kamen zu spät
War nichts mehr zum Sterben da

    Noch ist es Winterzeit
    Abende lang und weit
    trauern im Schnee
    Wenn wir nur lebend sind
    Karin, im Kältewind
    ist es schon gut

2
Da wurde die Erde ein Totenschiff
Ein rundes rotes Geschwür
Die Sterne am Himmel warn gar nicht mehr schön
Denn es sah sie keiner mehr
Den Engeln brannten die Flügel ab
Und dem Lieben Gott der Bart
Das Jüngste Gericht wurde abgesagt
Warn keine Seelen mehr da

    Noch ist es Winterzeit
    Abende lang und weit
    trauern im Schnee
    Wenn wir nur lebend sind
    Karin, im Kältewind
    ist es schon gut

LEGENDE DU SOLDAT
dans la troisième guerre mondiale

1
Tout excité par les meurtres du matin
Le soldat dormait si bien
Il reposait sur elle et elle pouvait ainsi
Contempler les étoiles de son pays.
Une grêle atomique de fusées
Se mit à tomber du ciel pur et bleu
La plupart des bombes arrivèrent trop tard
Il n'y avait plus rien qui pût encore mourir

> C'est encore l'hiver,
> Les soirs longs à l'entour
> Pleurent dans la neige
> Que nous soyons encore en vie
> Karin, dans ce vent de froidure
> N'est-ce pas déjà beaucoup ?

2
La terre alors devint nef des morts
Abcès rouge et rond
Au ciel, les étoiles n'étaient même plus belles
Il n'y avait plus personne pour les regarder
Les ailes des anges se mirent à brûler
Et aussi la barbe du Bon Dieu
Le Jugement Dernier fut décommandé
Il n'y avait plus rien à juger.

> C'est encore l'hiver
> Les soirs longs à l'entour
> Pleurent dans la neige
> Que nous soyons encore en vie
> Karin, dans ce vent de froidure
> N'est-ce pas déjà beaucoup ?

3
Und ein Molekül vom Soldatengehirn
Und eins von ihrem Gesäß
Die hielten sich lange noch beieinand
Bis Hitze auch sie zerriß
Und hätt der Soldat der Frau zu Haus
Statt Krieg ein Kind gemacht
Dann schlüge das Herz der Erde noch
Der Krieg würd ausgelacht

    Kommt uns die Sommerzeit
    Karin, nicht nur zu zweit
    im Blütenschnee
    Nieder mit Krieg und Tod
    Reifen die Kirschen rot
    dann ist es gut

3
Et une molécule de cerveau du soldat
Et une des fesses de la femme
Restèrent encore longtemps unis
Jusqu'au moment où la chaleur les déchiqueta
Et si le soldat au lieu de la guerre
Avait fait chez lui un enfant à cette femme
Le cœur de la terre battrait encore
Et la guerre, on s'en moquerait

>Et si nous vivons cet été
>Karin, dans la neige des fleurs
>Et les autres gens aussi
>A bas la guerre et la mort
>Et si les cerises mûrissent rouges
>Alors, tout ira bien

KLEINES LIED VOM TOD AUCH DES TODES
* p. 257

1
Der Tod ist müd geworden
Das Schlachten hört nit auf
Von all dem großen Morden
Wächst hoch ein Leichenhauf

    Das ist der schwarze Tod
    Das ist der weiße Tod
    Das ist der rote Tod
    meine liebe Liebe

2
Und einsam auf dem Haufen
Sitzt sterbenskrank der Tod
Wenn alle Menschen hin sind
Verliert der Tod sein Brot

    Das ist der schwarze Tod
    Das ist der weiße Tod
    Das ist der rote Tod
    meine liebe Liebe

3
Und bleibt nichts mehr zum Sterben
Und steht kein Korn zum Mähn
Verliert der Tod sein Arbeit
Muß selbst zugrunde gehn

    Das ist der schwarze Tod
    Das ist der weiße Tod
    Das ist der rote Tod
    meine liebe Liebe

PETITE CHANSON SUR LA MORT DE LA MORT *

1
La mort est fatiguée
La tuerie n'en finit pas
Le grand carnage fait pousser
Des cadavres en grand amas

    Et voilà la mort noire
    Et voici la mort blanche
    Et aussi la mort rouge
    ma bien-aimée, toi mon amour

2
Et solitaire sur ce grand tas
La mort à l'agonie s'asseoit
Quand tous les hommes seront fichus
Du pain la mort n'en aura plus

    Et voilà la mort noire
    Et voici la mort blanche
    Et aussi la mort rouge
    ma bien-aimée, toi mon amour

3
Quand il ne restera plus rien à se mourir
Aucun vif à saisir
La mort perdra son boulot
Et mourra, aussitôt

    Et voilà la mort noire
    Et voici la mort blanche
    Et aussi la mort rouge
    ma bien-aimée, toi mon amour

---

* Texte de la version française chantée par Jean-Frédéric Kirjuhel.

BALLADE VOM PANZERSOLDATEN UND VOM MAEDCHEN
* p. 258

1
Da war einmal ein Panzersoldat
Der ging mal auf den Weihnachtsmarkt
Auf Urlaub in Berlin
Und der Soldat
     der kam ja grad
Der kam grad vom Manöver

2
Da stand im hellen Lichterglanz
Die Schießbude von Schießbuden-Franz
Da kam man gar nicht ran
Wer schießt hier!
     Wer trifft hier!
Wer ist ein Held und ein Mann!

3
O Tannebaum und Christ ist geborn
Da keilte der Panzersoldat sich nach vorn
Mit einem großen Schein
Hier, ich! — schrie er
     Ich kauf! — schrie er
Ich kauf alle Bleikugeln ein!

4
Der Schießbuden-Franz erstaunte sehr
Gab alle seine Bleikugeln her
Für dem Soldat sein Geld
Na bitte sehr
     mein Herr, sprach er
Wenn's Ihnen so gefällt

BALLADE DU TANKISTE ET DE LA FILLE

1
L'était une fois un tankiste
Permissionnaire à Berlin
Qui s'rendait à la foire de Noël
Et le tankiste
          revenait juste
Revenait juste des manœuvres

2
Et là, en pleine lumière
Se dressait le stand du père Franz
Pas moyen de s'approcher
Qui veut tirer !
          En plein dans l'mille !
Alors les hommes et les héros !

3
Mon beau sapin, le Christ est né
Le tankiste un chemin s'est frayé
Avec un gros billet
Par ici ! Je veux tirer !
          J'achète ! a-t-il crié
J'achète toutes les balles que voilà !

4
Etonné, le patron du stand
A remis toutes ses balles au tankiste
En échange du billet
Allez-y
          Monsieur, a-t-il dit
Si ça vous plaît comme ça

5
Dann schmiß der gute Panzersoldat
Die ganze blöde Bleikugelsaat
Den Tannen ins Geäst
Da nehmt — sprach er
        den Dreck — sprach er
Da nehmt das Blei und freßt!

6
Da kam ein junges Mädchen gerannt
Gab ihm Papierblumen in die Hand
Und küßte ihn ganz offen
Du hast — sprach sie
        du hast — sprach sie
Du hast am besten getroffen

5
Le brave tankiste alors a tiré
Et envoyé toutes ces saletés de grains de plomb
Dans les branches des sapins
Prenez moi-ça a-t-il dit
      Prenez cette salopris
Voilà du plomb et bouffez-le moi

6
Alors une toute jeune fille est accourue
Des fleurs en papier lui a tendues
Devant tout l'monde l'a embrassé
C'est toi, dit-elle
      C'est toi — dit-elle
C'est toi qui as le mieux tiré

GENOSSEN,
WER VON UNS WAERE NICHT GEGEN DEN KRIEG
Für Robert Havemann

Aber
der Glanz Müntzerscher Morgensterne
über den aufrührerischen Bauern
wenn sie ihren Peinigern
ein blutiges Licht aufsteckten

Aber
der Wohlklang der Stalin-Orgel
wenn sie den Hitler-Soldaten
zu Weihnacht FRIEDE AUF ERDEN
in die erfrorenen Ohren brüllte

Aber
die Eleganz automatischer Raketen
in Ho Chi Minhs Himmeln
wenn sie den erstaunlichen Ingenieurleistungen aus Detroit
den erstaunlichen Kuß geben

Aber
die Schönheit der Maschinenpistole
über der Schulter des Guerilla-Kämpfers
wenn er dem bolivianischen Kuli
treffende Argumente gegen seine Unterdrücker liefert
die sie endlich verstehn

Das Beste aber:
Polizisten, abgerichtet gegen das Volk
wenn sie im Strom der empörten Massen
durch die Straßenschluchten geschwemmt ertrinken

CAMARADES,
QUI PARMI NOUS NE SERAIT PAS CONTRE LA GUERRE
Pour Robert Havemann

Mais
l'éclat des étoiles matinales de Müntzer
au-dessus des paysans insurgés
lorsqu'ils ouvrirent les yeux de leurs tortionnaires
en les éclairant d'une lumière de sang

Mais
Le son harmonieux des lance-fusées de Staline
lorsqu'ils hurlaient à la Noël
PAIX SUR LA TERRE
dans les oreilles gelées
des soldats de Hitler

Mais
l'élégance des fusées téléguidées
dans le ciel d'Ho Chi Minh
lorsqu'elles donnent leur étonnante accolade
aux étonnants exploits des ingénieurs de Détroit

Mais
la beauté d'un pistolet-mitrailleur
à l'épaule d'un guerillero
lorsqu'il fournit au coolie bolivien
des arguments frappants contre ses exploiteurs
qui enfin les comprennent

Mais le mieux de tout :
des flics dressés à réprimer le peuple,
emportés par le torrent
des masses en révolte et noyés
dans les gouffres des rues

Und endlich endlich ergreifen sie statt ihrer Waffen
die rettende Hand der Waffenlosen

et qui enfin, enfin au lieu de leur arme
saisissent la main salvatrice de ceux qui n'ont pas d'armes

ANDRE FRANÇOIS, DER FRIEDENSCLOWN
* p. 259

1
André François, der Friedensclown
la la la la la la laaaaaaaaaaaaaa
Hat großgemalte Augen
François François François
Hat einen breiten Mund
la la la la la la laaaaaaaaaaaaaa
Wenn er bis an den Goldzahn lacht
Dann wird das Kind gesund

2
André François, der Kinderclown
la la la la la la laaaaaaaaaaaaaa
Hat einen weiten Mantel
François François François
Hat viel weiße Tauben drin
la la la la la la laaaaaaaaaaaaaa
Die fliegen in den Himmel hin
Bis in die Sonne rinn

3
André François, der Säuferclown
la la la la la la laaaaaaaaaaaaaa
Hat eine rote Nase
François François François
Hat einen Sack voll Kinder
la la la la la la laaaaaaaaaaaaaa
Kaninchen im Zylinder
Die spieln Harmonika

4
André der liebe Plattfußclown
la la la la la la laaaaaaaaaaaaaa

ANDRE FRANÇOIS, LE CLOWN DE LA PAIX (30)

1
André François, clown de la paix
La la la la la laaaaaaaaaaaaaa
A de grands yeux tout peints
François François François
A une bien grande bouche
La la la la la laaaaaaaaaaaaaa
Et quand en riant il découvre sa dent d'or
Alors l'enfant reprend couleur

2
André François, clown des enfants
La la la la la laaaaaaaaaaaaaa
A un bien grand manteau
François François François
Y cache plein de colombes
La la la la la laaaaaaaaaaaaaa
Qui volent toutes vers le ciel
Jusqu'au fond du soleil

3
André François, clown des ivrognes
La la la la la laaaaaaaaaaaaaa
A un pif tout rouge
François François François
A un sac plein de gosses
La la la la la laaaaaaaaaaaaaa
Et des lapins en haut de forme
Y jouent de l'harmonica

4
André François, clown aux pieds plats
La la la la la laaaaaaaaaaaaaa

Hat lulatschlange Latschen
François François François
Hat Haare aus Spaghetti
la la la la la la laaaaaaaaaaaaaa
Die frißt sein grüner Teddy
Der Teddy ist ga gaaa

5
André François le clown d'la paix
la la la la la la laaaaaaaaaaaaaa
Hat eine kleine Geige
François François François
Hat eine reife Feige
la la la la la la laaaaaaaaaaaaaa
Die schmeckt so süß und milde
Wie scharfe Paprika
Du siehst es auf dem Bilde
Von André François François

A de grandes savates
François François François
Et des spaghettis pour tignasse
La la la la la laaaaaaaaaaaaaa
Que lui bouffe son petit ours
Tout vert, appelé Teddy

5
André François, l'clown de la paix
La la la la la laaaaaaaaaaaaaa
A un tout p'tit violon
François François François
A une figue bien mûre
La la la la la laaaaaaaaaaaaaa
Aussi tendre, aussi douce
Que du piment
Et tu vois çà sur cette affiche
D'André François François

HOHE HULDIGUNG FUR DIE GELIEBTE

Und verschlossen deine Küsse
 Niemals meine Lippen mir
  Laut die Wahrheit auszuschrein
   In den leisen Würgejahren

GRAND HOMMAGE A LA BIEN-AIMEE

Et jamais tes baisers
  N'ont clos mes lèvres
    Quand dans ces sourdes années étrangleuses
      Elles criaient la vérité

FRUEHLING AUF DEM MONT-KLAMOTT
* p. 260

Der Winter lag im Sterben
Wir lebten immer noch
Aus Mietskasernen dampfte
Ein warmer Nebel hoch
Die Schornsteine erbrachen
Den fetten gelben Rauch
Und aus den Hinterhöfen
Stieg zart ein Frühlingshauch

    Da ging ich mit der Dicken
    die ersten Kätzchen pflücken
    trotz Magistratsverbot
    zum Mont-Klamott

Wir krochen durch Gestrüpp durch
Und latschten über Gras
Zum Liegen warn die Wiesen
Uns noch zu tot und naß
Die Apfelsinensonne
Schwamm groß im Hundeblau
Da wurde uns so mächtig
Und wurde uns so flau

    Wir fühlten neue Kräfte
    gewaltig stiegen Säfte
    wir waren wieder flott
    am Mont-Klamott

Wir küßten uns im Gehen
Und küßten uns im Stehn
Wir sahen menge Menschen
Und wurden selbst gesehn
Ich rollte meine Schöne

PRINTEMPS SUR LE MONT KLAMOTT

L'hiver était mourant
Nous nous étions vivants
Des HLM montait
Une chaude nuée
Les cheminées crachaient
Grasse et jaune leur fumée
Du fond des arrière-cours
S'élevait l'haleine douce du printemps

    J'emmenai alors ma grosse
    cueillir les premiers chatons
    nonobstant l'interdit d'la mairie
    au Mont Klamott (31)

Passant à travers les fourrés
Nous traînions nos pas dans l'herbe
Mais pour s'y allonger
C'était bien trop mouillé
Et l'orange-soleil voguait
Géante dans un ciel de misère
Nous nous sentions si bien
Et si pleins de langueur

    Des forces neuves montaient
    en sève vigoureuse
    nous on était à flot
    au Mont Klamott

En marchant nous échangions des baisers
A l'arrêt c'était pareil
Des gens on en voyait des foules
Et les gens aussi nous voyaient
Je poussais ma belle

Die steilen Hänge rauf
Sie kreischte, und ich lachte
Sie fiel, ich fing sie auf

    Mensch, waren das Genüsse!
    Uns schmeckten unsre Küsse
    wie Ananaskompott
    am Mont-Klamott

Und als wir oben standen
Die Stadt lag fern und tief
Da hatten wir vom Halse
Den ganzen deutschen Mief
Ich legte meine Hände
Auf ihren warmen Bauch
Und sagte: süße Dicke
fühlst du den Frühling auch?

    Die Tauben und die Spatzen
    Die ersten Knospen platzen
    auf Trümmern und auf Schrott
    am Mont-Klamott

Wir saßen auf dem Kehricht
Vom letzten großen Krieg
Die Dicke sprach von Frieden
Ich hörte zu und schwieg
Wir saßen, bis die Sonne
Im Häusermeer absoff
Sahn zu, wie da der Westen
Die rote Farbe soff

    Auf Kirchen und auf Schloten
    Dieselben roten Pfoten
    Wir dankten Marx und Gott
    am Mont-Klamott

Pour l'aider à grimper
Elle piaillait, moi j'riais
Elle tombait, j'la rattrapais

    C'était vraiment chouette
    Et nos baisers avaient le goût
    d'ananas en compote
    au Mont Klamott

Et parvenus en haut
La ville était loin, tout en bas
Nous échappions alors
Aux relents allemands
Et je posai mes mains
Sur son ventre bien chaud
Et lui dis : ma tendre grosse
tu n'sens pas le printemps ?

    Les moineaux, les pigeons,
    Eclatent les bourgeons
    sur les décombres et la ferraille
    au Mont Klamott

Nous étions assis sur les déchets
De la dernière grande guerre
Ma grosse parlait de paix
Je l'écoutais et me taisais
Et l'on resta comme çà
Jusqu'au naufrage du soleil
A regarder l'Ouest lamper
Goulûment la couleur rouge

    Sur les églises et les cheminées
    Les mêmes pattes rouges
    Merci à Marx, merci à Dieu
    au Mont Klamott

BILANZBALLADE IM DREIßIGSTEN JAHR
* p. 261

Nun bin ich dreißig Jahre alt
Und ohne Lebensunterhalt
Und hab an Lehrgeld schwer bezahlt
Und Federn viel gelassen
Frühzeitig hat man mich geehrt
Nachttöpfe auf mir ausgeleert
Die Dornenkrone mir verehrt
Ich hab sie liegen lassen
    Und doch: Die Hundeblume blüht
    Auch in der Regenpfütze
    Noch lachen wir
    Noch machen wir nur Witze

Warum hat mich mein Vater bloß
Mit diesem folgenschweren Stoß
Gepflanzt in meiner Mutter Schoß
— Vielleicht, damit ich später
Der deutschen Bürokratensau
Balladen vor den Rüssel hau
Auf rosarote Pfoten hau
Die fetten Landesväter
    Und doch: Die Hundeblume blüht...

Ich hab mich also eingemischt
In Politik, das nützte nischt
Sie haben mich vom Tisch gewischt
Wie eine Mücke
Und als ich sie in' Finger stach
Und mir dabei den Stachel brach
Zerrieben sie mich ganz gemach

BALLADE-BILAN DE LA TRENTAINE

Voilà que j'ai trente ans
Sans un sou vaillant
J'ai payé cher tout mon savoir
J'y ai laissé plein de plumes
On m'a d'abord couvert d'honneurs
Et coiffé de pots de chambre
On m'a offert la couronne d'épine
Je l'ai laissée de côté
    Pourtant : le pissenlit fleurit
    Même dans les flaques de pluie
    On ne fait encore que rire
    Rien de plus que des bons mots

Pourquoi mon père m'a-t-il donc
Semé dans le giron de ma mère
D'un coup de reins fatal
Sans doute pour que plus tard
Je tape à coups de ballades
Sur le groin des bureaucrates allemands
Pour que je tape aussi sur leurs pattes rouge pâle
Des gras seigneurs de notre pays
    Pourtant : Le pissenlit fleurit...

Je me suis mêlé de politique
A rien ça n'a servi
Ils m'ont balayé
Comme un moustique
Au doigt je les ai piqués
Et eux ils m'ont broyé

In kleine Stücke
   Und doch: Die Hundeblume blüht...

Dies Deutschland ist ein Rattennest
Mein Freund, wenn du dich kaufen läßt
Egal, für Ostgeld oder West
Du wirst gefressen
Und während man noch an dir kaut
Dich schlecht bezahlt und gut verdaut
Bevor der nächste Morgen graut
Bist du vergessen
   Und doch: Die Hundeblume blüht...

Ich segelte mit steifem Mast
Zu mancher Schönen, machte Rast
Und hab die andern dann verpaßt
Es gibt zu viele
Jetzt hat mein schönes Boot ein Leck
Die Planken faulen langsam weg
Es tummeln sich, ich seh mit Schreck
Die Haie unterm Kiele
   Und doch: Die Hundeblume blüht...

Die Zeit hat ungeheuren Schwung
Paar Jahre bist du stark und jung
Dann sackst du langsam auf den Grund
Der Weltgeschichte
So manche Generation
Lief Sturm auf der Despoten Thron
Und wurd beschissen um den Lohn
Und ward zunichte

   Und doch: Die Freiheitsblume blüht...
Auch in der Regenpfütze
Noch lachen wir
Noch machen wir nur Witze

Comme chair à pâté
    Pourtant : Le pissenlit fleurit...

L'Allemagne, quel nid de rats
Ami, si tu te laisses acheter
A l'est ou à l'ouest qu'importe la monnaie
Tu seras dévoré
Mâché et remâché
Mal payé, bien digéré
Avant même que le jour ne se soit levé
Tu seras oublié
    Pourtant : Le pissenlit fleurit...

J'ai fait voiles, mâture dressée
Vers mainte belle, je m'y suis arrêté,
Les autres, je les ai ratées
Il y en a beaucoup trop
Voici que ma barque a une voie d'eau
Ses planches lentement se désagrègent
Et les requins sous la quille font leur manège
Je les vois avec effroi
    Pourtant : Le pissenlit fleurit...

Notre époque est prise d'un grand élan
Jeune et fort, tu l'es quelques années seulement
Puis tu t'enfonces lentement
Dans l'abîme de l'histoire
Tant de générations
Parties à l'assaut des despotes
Furent grugées de la victoire
Exterminées

    Pourtant : La fleur-liberté fleurit
    Même dans les flaques de pluie
    On ne fait encore que rire
    Rien de plus que des bons mots

Und doch : Die Hundeblume blüht...
Auch in der Regenpfütze
Noch lachen wir.

Pourtant : Le pissenlit fleurit
Même dans les flaques de pluie
On ne fait encore que rire

ERMUTIGUNG
Peter Huchel gewidmet

* p. 262

Du, laß dich nicht verhärten
In dieser harten Zeit
Die all zu hart sind, brechen
Die all zu spitz sind, stechen
und brechen ab sogleich

Du, laß dich nicht verbittern
In dieser bittren Zeit
Die Herrschenden erzittern
— sitzt du erst hinter Gittern —
Doch nicht vor deinem Leid

Du, laß dich nicht erschrecken
In dieser Schreckenszeit
Das wolln sie doch bezwecken
Daß wir die Waffen strecken
Schon vor dem großen Streit

Du, laß dich nicht verbrauchen
Gebrauche deine Zeit
Du kannst nicht untertauchen
Du brauchst uns, und wir brauchen
Grad deine Heiterkeit

Wir wolln es nicht verschweigen
In dieser Schweigezeit
Das Grün bricht aus den Zweigen
Wir wolln das allen zeigen
Dann wissen sie Bescheid

ENCOURAGEMENT
Dédié à Peter Huchel (32)

En ces temps si durs
Refuse la dureté
Trop durs les hommes se brisent
Les trop méchants font mal
Et se brisent aussitôt

En ces temps trop amers
Refuse l'amertume
Les gouvernants ne craindront pas
Ta souffrance
— Derrière les barreaux

En ces temps terrifiants
Ne te laisse pas terrifier
Ce qu'ils veulent justement
C'est que nous rendions les armes
Avant la lutte finale

N'accepte pas qu'on t'utilise
Utilise ton temps
Tu ne saurais vivre à l'écart
Tu as besoin de nous et nous avons besoin
De ta sérénité

Nous ne le tairons jamais
En ces temps de mutisme
Le printemps jaillit des rameaux
Çà nous allons le leur montrer
Pour qu'ils sachent à quoi s'en tenir

GROßE ERMUTIGUNG

* p. 263

Du, mein Freund, dir kann ich sagen
Ich bin müde, hundemüde
Müde bin ich all die Tage
Die mich hart und härter machten
Ach, mein Herz ist krank von all der
Politik und all dem Schlachten

    Sag, wann haben diese Leiden
    diese, Leiden, diese Leiden
    endlich mal ein Ende?
    Wenn die neuen Leiden kommen
    haben sie ein Ende

Meine Liebe, meine Schöne
Du mit deinen warmen Armen
Hieltest du mich all die Nächte
Die nur kältre Kälten brachten
Ach, mein Herz ist krank von all der
Politik und all dem Schlachten

    Sag, wann haben diese Leiden
    diese Leiden, diese Leiden
    endlich mal ein Ende?
    Wenn die neuen Leiden kommen
    haben sie ein Ende

GRAND ENCOURAGEMENT

Mon ami, je peux te le dire
Je suis fatigué, mort de fatigue
Fatigué de tous ces jours
Qui m'ont rendu de plus en plus dur
Hélas, mon cœur est malade de toute cette
Politique, de toute cette tuerie

    Dis-moi, quand donc ces souffrances
    ces souffrances et souffrances
    prendront-elles fin ?
    Les premières cesseront
    quand de nouvelles souffrances viendront

Mon amour, ma belle,
Toi dont les bras m'ont serré
Avec tant de chaleur par toutes ces nuits
Qui n'ont apporté qu'un froid de plus en plus grand
Hélas, mon cœur est malade de toute cette
Politique, de toute cette tuerie

    Dis-moi, quand donc ces souffrances
    ces souffrances et souffrances
    prendront-elles fin ?
    Les premières cesseront
    quand de nouvelles souffrances viendront

MORITAT AUF BIERMANN SEINE OMA MEUME IN HAMBURG

* p. 264

Als meine Oma ein Baby war
Vor achtundachtzig Jahrn
Da ist ihre Mutter im Wochenbett
Mit Schwindsucht zum Himmel gefahrn
Als meine Oma ein Baby war
Ihr Vater war Maschinist
Bis gleich darauf die rechte Hand
Ihm abgerissen ist

Das war an einem Montag früh
Da riß die Hand ihm ab
Er war noch froh, daß die Fabrik
Den Wochenlohn ihm gab
Als meine Oma ein Baby war
Mit ihrem Vater allein
Da fing der Vater Saufen an
Und ließ das Baby schrein

Dann ging er in die Küche rein
Und auf den Küchenschrank
Da stellte er ganz oben rauf
Die kleine Küchenbank
Und auf die Bank zwei Koffer noch
Und auf den schiefen Turm
Ganz oben rauf aufs Federbett
Das kleine Unglückswurm

Dann ging er mit dem letzten Geld
IN MEYERS FREUDENHAUS
Und spülte mit Pfefferminz-Absinth
Sich das Gewissen raus

COMPLAINTE DE LA BONNE MEME DE BIERMANN A HAMBOURG

Il y a quatre-vingt-huit ans
Quand ma mémé était bébé
Au ciel, sa mère en couches est montée
Par la phtisie emportée
Quand ma mémé était bébé
Son père était mécanicien
Et peu de temps après sur la machine
Du côté droit, il perdit sa main

Sa main lui fut arrachée, un lundi matin
Encore heureux que la fabrique lui paye
Sa semaine
Quand ma mémé était bébé
Toute seule avec son père
Le père se mit à picoler
Et la laissa crier

Il entra dans la cuisine
Et sur le grand buffet
Tout en haut
Il plaça le petit banc
Et sur le banc il posa
Deux valises
Et tout en haut de cette tour de Pise
Il déposa, avec son lit de plume
Le vermisseau d'infortune

Avec le fric qui lui restait
Il partit au bordel
Il se rinça la conscience
Avec de l'absinthe à la menthe

Und kam zurück im Morgengraun
Besoffen und beschissen
Und stellte fest: »Verflucht, das Wurm
Hat sich nicht totgeschmissen!«

Das Kind lag friedlich da und schlief
Hoch oben auf dem Turm
Da packte er mit seiner Hand
Das kleine Unglückswurm
Nahm es behutsam in den Arm
Und weinte Rotz und Wasser
Und lallte ihm ein Wiegenlied
Vor Glück und Liebe fraß er

Der Oma fast ein Ohrchen ab
Und schwor, nie mehr zu trinken
Und weil er Maschinist gewesen war
Schwor er das mit der Linken
Das ist ein Menschenalter her
Hätt sie sich totgeschmissen
Dann würde ich von alledem
Wahrscheinlich gar nix wissen

Die Alte lebt heut immer noch
Und kommst du mal nach Westen
Besuch sie mal und grüß sie schön
Vom Enkel, ihrem besten
Und wenn sie nach mir fragt und weint
Und auf die Mauer flucht
Dann sage ihr: Bevor sie stirbt
Wird sie noch mal besucht

Und während du von mir erzählst
Schmiert sie dir, erster Klasse
Ein Schmalzbrot, dazu Muckefuck
In einer blauen Tasse

En revenant à l'aube
Complètement saoul et dégueulasse
Il constata : Nom de nom ! Le vermisseau
N'est pas tombé !

L'enfant dormait paisiblement
Tout là-haut, sur sa tour
Alors de son unique main
Il prit le vermisseau
Il le prit doucement dans ses bras
Et tout son saoul il pleura
Une berceuse il fredonna
De joie et d'amour même il croqua
Presqu'une oreille à la mémé

Il jura de ne plus jamais picoler
Et comme il avait été mécano
Il jura de la main gauche
Celà fait bien longtemps
Et si la mémé était tombée
Je ne saurais sans doute
Rien de tout çà

La vieille, elle vit encore
Et si tu vas la voir à l'Ouest
Rends-lui visite, donne-lui le bonjour
Du meilleur de ses petits-fils
Et si elle demande pourquoi je ne viens pas et si elle pleure
Et maudit le mur
Dis-lui qu'avant sa mort je lui rendrai visite

Et tandis que tu parleras de moi
Elle te fera une tartine de première classe
Avec du saindoux, et puis un jus
Dans une tasse bleue

Vielleicht hat sie auch Lust, und sie
Erzählt dir paar Geschichten
Und wenn die schön sind, komm zurück
Die mußt du mir berichten

Et si le cœur lui en dit
Elle te racontera quelques histoires
Et si elles te plaisent alors
Viens me les raconter

GROßES GEBET

der alten Kommunistin Oma Meume in Hamburg
* p. 265

1

GOtt, lieber Gott im Himml, hör mich betn
Zu Dir schrei ich wie in der Kinderzeit
Warum hat mich mein armer Vater nicht zertretn
Als ich noch selig schlief in Mutters Leib
Nun bin ich alt, ein graues taubes Weib
Mein kurzes Leben lang war reichlich Not
Viel Kampf, mein Gott, viel für das bißchen Brot
Nach Friedn schrie ich in die großn Kriege
Und was hab ich erreicht? Bald bin ich tot
O GOtt, laß DU den Kommunismus siegn!

2

Gott, glaube mir: Nie wird der Mensch das schaffn
Ich hab mich krumm gelegt für die Partei
Erinner Dich, wie ich Karl Scholz mit Waffn
Bei mir versteckt hab und bekocht dabei!
Auf Arbeit Tag für Tag die Schinderei
Dann dieser Hitler, das vergeß ich nie
Wie brach unsre Partei da in die Knie
Die Bestn starbn im KZ wie Fliegn
Die Andern sind verreckt im Krieg wie Vieh
O GOtt, laß DU den Kommunismus siegn!

3

Mensch, Gott! Wär uns bloß *der* erspart gebliebn
Der Stalin, meintwegen durch ein Attntat
Gott, dieser Teufel hat es fast getribn
— verzeih — wie ein Faschist im Sowjetstaat
Und war doch selber Kommunist und hat
Millionen Kommunisten umgebracht
Und hat das Volk geknecht mit all die Macht

GRANDE PRIERE

de la vieille et bonne Mémé Communiste de Hambourg

1

Mon Dieu du ciel écoute moi prier
Ecoute moi prier vers toi comme une enfant
Pourquoi mon pauvre père ne m'a t-il pas piétinée
Quand je dormais sans tourment dans le ventre de ma mère.
Me voici vieille et sourde, les cheveux gris
Ma brève vie, riche en misère
Mon Dieu, j'ai lutté tout plein pour un peu de pain
Réclamé la paix au long des grandes guerres
Et qu'ai-je récolté ? Bientôt je serai morte
O Dieu, fais donc triompher le communisme !

2

Mon Dieu, crois-moi, jamais l'homme n'y parviendra
Je me suis tant foulée pour le Parti
Souviens-toi comme chez moi j'ai caché
Karl Scholz et ses armes et je l'ai même nourri
Au travail, chaque jour, je me suis éreintée
Puis cet Hitler, je n'ai pas oublié
Comment le Parti alors s'est brisé
Les meilleurs tombèrent comme des mouches dans les camps
Les autres à la guerre comme du bétail ont crevé
O Dieu, fais triompher le communisme !

3

O Dieu si seulement on avait pu faire l'économie
De ce Staline, et même s'il avait fallu le trucider
Dieu, ce diable là, pardonne-moi, a presque agi
Comme un fasciste au pays des soviets
Et pourtant il était lui-même communiste
Mais il assassina des millions de communistes
Il mit tout le peuple en esclavage

Und log das Aas, daß sich die Balkn biegn
Was hat der Hund uns aufn Hund gebracht
O GOtt, laß DU den Kommunismus siegn!

4 — Stossgebet
Mach, daß mein herznslieber Wolf nicht endet
Wie schon sein Vater hinter Stachldraht!
Mach, daß sein wirrer Sinn sich wieder wendet
Zu der Partei, die ihn verstoßn hat
Und mach mir drüben unsern Friednsstaat
So reich und frei, daß kein Schwein mehr abhaut
Und wird dann auch die Mauer abgebaut
Kann Oma Meume selig auf zum Himml fliegn
Sie hat ja nicht umsonst auf Dich gebaut
Dann, lieber Gott, wird auch der Kommunismus siegn!

Cette charogne a menti à vous laisser pantois
Ce chien nous a réduit aux abois
O Dieu, fais triompher le communisme !

4 — Oraison
Fais que mon Wolf bien-aimé ne finisse pas
Comme son père, derrière les barbelés
Fais que son esprit confus retrouve le chemin
Du Parti qui l'a exclu.
Et rends notre Etat pacifique là-bas si riche et si libre
Que personne ne veuille plus le quitter
Alors le mur sera rasé
Et tout heureuse mémé pourra s'envoler au ciel
Car ce n'est pas en vain qu'elle t'aura fait confiance
Alors, mon Dieu, alors le communisme vaincra !

IN PRAG IST PARISER KOMMUNE
                                              * p. 266

In Prag ist Pariser Kommune, sie lebt noch!
Die Revolution macht sich wieder frei
Marx selber und Lenin und Rosa und Trotzki
stehen den Kommunisten bei

Der Kommunismus hält wieder im Arme
die Freiheit und macht ihr ein Kind, das lacht,
das leben wird ohne Büroelephanten
von Ausbeutung frei und Despotenmacht

Die Pharisäer, die fetten, sie zittern
und wittern die Wahrheit. Es kommt schon der Tag
Am Grunde der Moldau wandern die Steine
es liegen vier Kaiser begraben in Prag

Wir atmen wieder, Genossen. Wir lachen
die faule Traurigkeit raus aus der Brust
Mensch, wir sind stärker als Ratten und Drachen!
Und hattens vergessen und immer gewußt

A PRAGUE, C'EST LA COMMUNE DE PARIS

A Prague, c'est la Commune de Paris, elle vit encore !
La révolution de nouveau se libère
Marx en personne, Lénine, Rosa et Trotsky
Viennent en aide aux communistes

Le communisme tient serré dans ses bras
La liberté et lui fait un enfant qui rit
Et vivra sans éléphants bureaucratiques
Sans peur d'être exploité ou tyrannisé

Les gras pharisiens se mettent à trembler
Ils flairent la vérité. Le jour va se lever
Au fond de la Moldau les pierres se mettent à rouler
Quatre empereurs reposent ensevelis à Prague (33)

Camarades, nous respirons de nouveau. En riant
Nous nous libérons de la molle tristesse
Bougre, nous voici plus forts que les rats et les dragons !
Et nous l'avions oublié et le savions pourtant

PREUßISCHE ROMANZE N° 1
Für Joan Baez

                                             * p. 267

Gitarre
sechs-fingrige Folter
sechs-züngige Schlange
sechs Schüsse — MP

Gitarre
du bittere Schöne
du griffige Schöne
schwer spielbare Frau

Gitarre
du treulose Liebe
du stöhnst in den Armen
auch meiner Feinde

Gitarre
du Schrei nach der Sonne
in preußischen Nächten

Gitarre
du spanische Jüdin
wir singen in Deutschland
den schwärzesten Blues
Ay! Ay! Ay, den spanischen Blues
Aii, aii, den jüdischen Blues
Ahjaa, den Blues

Gitarre
wenn meine Brüder
wenn diese Brüder
mich gefangen haben werden
komm du! Dann komme du

ROMANCE PRUSSIENNE N° 1
pour Joan Baez (34)

Guitare
Torture à six doigts
Serpents à six langues
M.P. à six coups

Guitare
Toi ma beauté amère
Toi, ma beauté accordeuse
Femme difficile à jouer

Guitare
Amour infidèle
Tu gémis même dans les bras
De mes ennemis

Guitare
Cri lancé vers le soleil
Dans les nuits prussiennes

Guitare
Toi, la juive espagnole
Nous chantons en Allemagne
Le plus noir des blues
Aye, aye, aye, le blues espagnol
Aye, aye, le blues juif
Ah, oui, le blues

Guitare
Quand mes frères
Quand ces frères là
M'auront emprisonné
Viens alors, viens toi

Schwester
in meine Zelle

Ma sœur
Dans ma cellule.

DREI KUGELN AUF RUDI DUTSCHKE
* p. 268

1
Drei Kugeln auf Rudi Dutschke
Ein blutiges Attentat
Wir haben genau gesehen
Wer da geschossen hat

    Ach Deutschland, deine Mörder!
    Es ist das alte Lied
    Schon wieder Blut und Tränen
    Was gehst Du denn mit denen
    Du weißt doch was Dir blüht!

2
Die Kugel Nummer Eins kam
Aus Springers Zeitungswald
Ihr habt dem Mann die Groschen
Auch noch dafür bezahlt

    Ach Deutschland, deine Mörder!

3
Des zweiten Schusses Schütze
Im Schöneberger Haus
Sein *Mund* war ja die Mündung
da kam die Kugel raus

    Ach Deutschland, deine Mörder!

4
Der Edel-Nazi-Kanzler

TROIS BALLES SUR RUDI DUTSCHKE

1
Trois balles sur Rudi Dutschke (35)
Un attentat sanglant
D'où sont venus les coups
Nous l'avons vu exactement

    Ah, mon Allemagne, tes meurtriers !
    Toujours la même chanson
    De nouveau des larmes, du sang
    Pourquoi marcher avec eux
    Tu sais pourtant ce qui t'attend !

2
La balle numéro un provint
De la forêt des journaux de Springer (36)
Et par dessus le marché c'est vous
Qui lui avez donné vos sous.

    Ah, mon Allemagne, tes meurtriers !

3
Le second coup vint de Schütze (37) — le tireur
De la maison de Schöneberg
Sa bouche, ce fut la gueule
d'où sortit cette balle

    Ah, mon Allemagne, tes meurtriers !

4
Le chancelier, nazi de choix

Schoß Kugel Nummer Drei
Er legte gleich der Witwe
den Beileidsbrief mit bei

    Ach Deutschland, deine Mörder!

5
Drei Kugeln auf Rudi Dutschke
Ihm galten sie nicht allein
Wenn wir uns jetzt nicht wehren
Wirst Du der Nächste sein

    Ach Deutschland, deine Mörder!

6
Es haben die paar Herren
So viel schon umgebracht
Statt daß sie *Euch* zerbrechen
Zerbrecht jetzt ihre Macht!

    Ach Deutschland, deine Mörder!

    Es ist das alte Lied
    Schon wieder Blut und Tränen
    Was gehst Du denn mit denen
    Du weißt doch was Dir blüht!

Tira la balle numéro trois
Il y joignit tout aussitôt
pour la veuve ses condoléances

 Ah, mon Allemagne, tes meurtriers !

5
Trois balles sur Rudi Dutschke
Elles ne visaient pas que lui
Si nous restons sans riposter
Le prochain ce sera toi !

 Ah, mon Allemagne, tes meurtriers !

6
Ces quelques messieurs-là
Ont tué tant de monde déjà
Plutôt qu'ils ne vous brisent
A vous de briser leur emprise

 Ah, mon Allemagne, tes meurtriers !

 Toujours la même chanson
 De nouveau des larmes, du sang
 Pourquoi marcher avec eux
 Tu sais pourtant ce qui t'attend !

ES SENKT DAS DEUTSCHE DUNKEL
* p. 269

Sich über mein Gemüt
Es dunkelt übermächtig
In meinem Lied

Das kommt, weil ich mein Deutschland
So tief zerrissen seh
Ich lieg in der bessren Hälfte
Und habe doppelt Weh

L'OBSCURITE ALLEMANDE DESCEND

Et envahit mon âme
Il fait bien trop obscur
Dans ma chanson

C'est que je vois mon Allemagne
Si profondément déchirée
Je suis à terre dans sa meilleure moitié
Et j'en ai double douleur

NOCH

*p. 270

1
Ein kleiner Regen hat mich gewaschen
Am Himmel ziehn leere Brauseflaschen
Fabrikschlote wuchern drüben am Hang
Rauchnasen laufen den Windweg lang
Wälder sind das da, das nasse Blau
Das da sind Halden, das große Grau
Rot blühn paar Fahnen da auf dem Bau
    Das Land ist still
    Der Krieg genießt seinen Frieden
    Still. Das Land ist still. Noch.

2
Die Schieferdächer schachteln sich wirr
Geklammert an Essen mit Eisengeschirr
Starrt das Antennengestrüpp nach West
Vom Sonnenball steht noch ein roter Rest
Krähen sind das da, was fällt und schreit
Blüten sind unter die Bäume geschneit
Was da jetzt einbricht, ist Dunkelheit
    Das Land ist still
    Wie Grabsteine stehen die Häuser
    Still. Das Land ist still. Noch.

3
Dann hing ich im D-Zug im Fenster, und
Der Fahrtwind preßte mir Wind in' Mund
Die Augen gesteinigt vom Kohlestaub
Ohren von kreischenden Rädern taub
Hörte ich schwingen im Schienenschlag
Lieder vom Frühling im roten Prag
Und die Gitarre im Kasten lag
    Das Land ist still

ENCORE

1
Une petite pluie m'a lavé
Au ciel passent des bouteilles de limonades vidées
Les cheminées d'usines pullulent à l'ouest, sur l'autre versant
Des fumées en forme de nez courent le long du vent
Et ce sont des forêts, ce bleu mouillé
Là ce sont des terrils, tout ce gris
Quelques drapeaux, fleurs rouges, sur le chantier
    Le pays dans le silence
    La guerre savoure sa paix
    Silence. Le pays dans le silence. Encore.

2
Les toits d'ardoise pêle-mêle sont emboités
Fixés par des harnais de fer aux cheminées
Des fourrés d'antennes fixent l'Ouest
Du disque solaire rougeoit un maigre reste
Ce qui tombe et crie, ce sont des corneilles
Et sous les arbres, ce sont des fleurs qui ont neigé
Et ce qui vient maintenant, c'est l'obscurité
    Le pays dans le silence
    Les maisons se dressent comme des tombes
    Silence. Le pays dans le silence. Encore.

3
Penché à la fenêtre du rapide
La vitesse m'enfournait le vent dans la bouche
Les yeux lapidés de poussier
Les oreilles assourdies par le fracas des roues
J'entendais au rythme des rails
Résonner les chansons du printemps dans Prague la rouge
Et ma guitare dormait dans sa boîte
    Le pays dans le silence

Die Menschen noch immer wie tot
Still. Das Land ist still. Noch.

Les gens sont encore presque morts
 Silence. Le pays dans le silence. Encore.

DER HUGENOTTENFRIEDHOF

* p. 271

Wir gehn manchmal zwanzig Minuten
Die Mittagszeit nicht zu verliern
Zum Friedhof der Hugenotten
Gleich hier ums Eck spaziern
Da duftet und zwitschert es mitten
Im Häusermeer blüht es. Und nach
Paar wohlvertrauten Schritten
Hörst du keinen Straßenkrach

Wir hakeln uns Hand in Hand ein
Und schlendern zu Brecht seinem Grab
Aus grauem Granit da, sein Grabstein
Paßt grade für Brecht nicht schlecht
Und neben ihm liegt Helene
Die große Weigel ruht aus
Von all dem Theaterspielen
Und Kochen und Waschen zu Haus

    Dann freun wir uns und gehen weiter
    Und denken noch beim Küssegeben:
    Wie nah sind uns manche Toten, doch
    Wie tot sind uns manche, die leben

Wir treffen das uralte Weiblein
Das harkt da und pflanzt da und macht
Und sieht sie uns beide kommen
Dann winkt sie uns ran und lacht
Die Alte erzählt uns von Achtzehn
Novemberrevolution:
» Hier, schossen sich die Spartakisten
Mit Kaiserlichen, die flohn!
Karl Liebknecht und Luxemburg Rosa
— so muß es den Menschen ja gehn! —

LE CIMETIERE DES HUGUENOTS

Nous allons parfois vingt minutes
Pour ne pas perdre la pause de midi
Jusqu'au cimetière des Huguenots
Juste au coin nous promener
Parfums et chants d'oiseaux
Et fleurs au milieu de l'océan des maisons
Et au bout de quelques pas
Tu n'entends plus le fracas de la rue

Nos doigts s'entrelacent, main dans la main
Nous flânons vers la tombe de Brecht
De granit gris, la pierre,
Va tout à fait bien avec Brecht
Et à côté de lui repose Hélène,
La grande Weigel se repose
De toute sa carrière de théâtre
Et de la cuisine et des lessives à la maison

    Alors nous marchons tout contents
    Et nous pensons en échangeant des baisers
    Combien proche de nous est plus d'un mort
    Et combien mort nous est plus d'un vivant

Nous rencontrons l'archi-vieille femme
Qui pioche ici et plante là et s'active
Et qui nous voyant tous deux arriver
Nous fait signe et rit
La vieille nous raconte mille neuf cent dix huit
La révolution de Novembre
C'est ici que les Spartakistes
Se sont battus contre les impériaux qui s'enfuirent
Karl Liebknecht et Luxemburg Rosa
— Voilà ce qui arrive aux gens ! —

Lebendig und totgeschlagen
Hab ich sie noch beide gesehn!
Als ich noch ein junges Ding war
— ich bin ja schon viel zu alt! —
Von hier bis zur Friedrichstraße
War alles noch dichter Wald «
    Dann freun wir uns und gehen weiter...

Da liegt allerhand große Leute
Und liegen auch viel kleine Leut
Da stehn riesengroße Platanen
Daß es die Augen freut
Wir gehn auch mal rüber zu Hegel
Und besuchen dann dicht dabei
Hanns Eisler, Wolf Langhoff, John Heartfield
Wohnt gleich in der Nachbarreih'

Von Becher kannst du da lesen
Ein ganzes Gedicht schön in Stein
Der hübsche Stein da aus Sandstein
Ich glaub, der wird haltbar sein
Die Sonne steht steil in den Büschen
Die Spatzen jagen sich wild
Wir halten uns fest und tanzen
Durch dieses grüne Bild

    Dann freun wir uns und gehen weiter
    Und denken noch beim Küssegeben:
    Wie nah sind uns manche Tote, doch
    Wie tot sind uns manche, die leben

Vivants et assassinés
Je les ai vu tous deux !
Lorsque j'étais encore toute jeune
— Je suis déjà bien trop vieille ! —
D'ici à la Friedrichstraße
Tout n'était alors que forêt »
  Alors nous marchons tout contents...

Là reposent toutes sortes de gens célèbres
Et aussi beaucoup de petites gens
Ici s'élèvent des platanes géants
Qui réjouissent le regard
Nous allons parfois voir Hegel
Et rendons visite tout près
A Hanns Eisler, à Wolf Langhoff, John Heartfield
Habite la rangée d'à côté

De Becher, tu peux lire
Tout un poème, bien gravé dans la pierre
La jolie pierre, là, tout en grès
Je crois qu'elle, elle tiendra le coup
Le soleil se tient tout droit dans les buissons
Les moineaux se poursuivent comme des sauvages
Nous nous tenons serrés et dansons
De par le vert paysage

  Alors nous marchons tout contents
  Et nous pensons en échangeant des baisers
  Combien proche de nous est plus d'un mort
  Et combien mort nous est plus d'un vivant

SPRACHE DER SPRACHE

Worte sind eitel ? Aber eitler
sind jene Taten ! Und abermals diese Worte

Den Feuern unglücklich entronnen
verfaulen wir nun im Sumpf
Wer strampelt, sinkt schneller :
Wer seine Lage erkannt hat...
ist verlorener als andere, ach
dem Druck hinzugefügt wird
das drückende Bewußtsein des Drucks

Was da über uns kam, wie Kinder nennen wir es
Drache : wir reden wieder in alten Bildern
die neuen Worte zerschellen an den neueren Apparaten
und die haltbaren Worte sind längst verbraucht. Auch
haben wir unsere Ketten der Blumen entledigt
— wie wir auch sollten — aber sollten wir auch lernen
unsere Ketten nun wie schweren Schmuck leicht tragen ?

Ach, sachlich sollen wir sein : nicht
weiblich und männlich : sachlich
Singt die Welt ? Stöhnt die Welt ?
Ich singe die stöhnende Welt
und ich stöhne die sachliche Welt
Seit es uns und nur noch um die Sache geht
sind wir. Und nur noch Sachen. Das wurden wir :

Sache unter Sachen. Aber die Sachen selbst
sind ja nicht sachlich ! Und
Worte bezeichnen nur Worte und
von Sinnen ist der Sinn. Das Namenlose
längst ist es beim Namen genannt, aber
Mund hat keine Mündung

LANGAGE DU LANGAGE

Les mots sont vanité ? Mais plus vaines
encore sont ces grandes actions-là ! Et davantage encore les mots
[que voici.
Après avoir, hélas, échappé aux flammes
nous croupissons maintenant dans le marais
Celui qui piétine s'enfonce plus vite
Qui a pris conscience de sa situation, eh bien
il est perdu plus que d'autres, hélas
à l'oppression s'ajoute
la conscience oppressante de l'oppression

Sur nous a fondu — comme le nomment les enfants —
un dragon : Nous parlons de nouveau en images anciennes
Les mots neufs volent en éclats au choc d'appareils plus neufs
et les mots inusables depuis longtemps sont éculés
Nous avons aussi débarrassé nos chaînes de fleurs
— comme il fallait — mais fallait-il aussi apprendre
à porter avec légèreté nos chaînes comme de lourdes parures ?

Hélas, nous devons être objectifs : ni
féminins, ni masculins,
Est-ce que le monde chante et gémit — objectif — ?
Je chante le monde gémissant
Et je gémis le monde objectif
Depuis que nous n'avons plus d'autre intérêt que notre objectif
Nous sommes. Et ne sommes plus que des objets. C'est ce que
[nous sommes devenus
Des objets parmi les objets. Mais les objets eux-mêmes
ne sont pas objectifs ! Et
les mots ne désignent que des mots et
leur sens est insensé. L'innommable
est depuis longtemps nommé par son nom mais
la bouche n'a point de gueule

Kanonen haben keine Ohren, und
Bleistift verschießt kein Blei :
Wortspiele. Die Worte spielen
wie Kinder noch in der Gaskammer

Die deutliche Sprache der Gewehre
verstehen immer nur die Erschossenen

le canon n'a point d'oreille
et la mine de plomb ne crache pas le plomb
Jeux de mots — Les mots jouent encore

Comme des enfants dans la chambre à gaz
Le langage précis des fusils
Il n'est pour le comprendre que les fusillés

DAS HŒLDERLIN-LIED
» So kam ich unter die Deutschen «

* p. 272

In diesem Lande leben wir
wie Fremdlinge im eigenen Haus
    Die eigne Sprache, wie sie uns
    entgegenschlägt, verstehn wir nicht
    noch verstehen, was wir sagen
    die unsre Sprache sprechen
In diesem Lande leben wir wie Fremdlinge

In diesem Lande leben wir
wie Fremdlinge im eigenen Haus
    Durch die zugenagelten Fenster dringt nichts
    nicht wie gut das ist, wenn draußen regnet
    noch des Windes übertriebene Nachricht
    vom Sturm
In diesem Lande leben wir wie Fremdlinge

In diesem Lande leben wir
wie Fremdlinge im eigenen Haus
    Ausgebrannt sind die Œfen der Revolution
    früherer Feuer Asche liegt uns auf den Lippen
    kälter, immer kältre Kälten sinken in uns
Ueber uns ist hereingebrochen
              solcher Friede!
            Solcher Friede

Solcher Friede.

LA CHANSON DE HOLDERLIN
« C'est ainsi que je vins parmi les allemands »

Dans ce pays nous vivons
En étrangers dans notre propre maison
    Notre propre langue qui nous
    claque au visage, nous ne la comprenons pas
    Pas plus que ne comprennent ce que nous disons
    ceux qui parlent notre langue
En étrangers dans ce pays nous vivons

Dans ce pays nous vivons
en étrangers dans notre propre maison
    Au travers des fenêtres clouées rien ne filtre
    Nous ne sentons pas combien dehors la pluie est bonne
    Nous n'entendons pas l'excessive nouvelle de la tempête
    apportée par le vent
En étrangers dans ce pays nous vivons

Dans ce pays nous vivons
En étrangers dans notre propre maison
    Eteints sont les foyers de la révolution
    La cendre des feux d'antan colle plus froide à nos lèvres
    et de plus en plus froid le froid nous pénètre
Sur nous est tombée
              une telle paix !
              une telle paix

Une telle paix.

KLEINES LIED VON DEN BLEIBENDEN WERTEN
* p. 273

1
Die großen Lügner, und was — na, was
Wird bleiben von denen?
Von denen wird bleiben
    daß wir ihnen geglaubt haben
Die großen Heuchler, und was — na, was
Wird bleiben von denen?
Von denen wird bleiben
    daß wir sie endlich durchschaut haben

2
Die großen Führer, und was — na, was
Wird bleiben von denen?
Von denen wird bleiben
    daß sie einfach gestürzt wurden
Und ihre Ewigen großen Zeiten — na, was
Wird bleiben von denen?
Von denen wird bleiben
    daß sie erheblich gekürzt wurden

3
Sie stopfen der Wahrheit das Maul mit Brot
Und was wird bleiben vom Brot?
Bleiben wird davon — na, was? —
    daß es gegessen wurde
Und dies zersungene Lied — na, was
Wird bleiben vom Lied?
Ewig bleiben wird davon
    daß es vergessen wurde

PETITE CHANSON DES VALEURS PERMANENTES

1
Les grands menteurs, eh bien — quoi
Que restera-t-il de ceux-là ?
De ceux-là il restera
    Que nous les avons crus
Les grands tartuffes eh bien — quoi
Que restera-t-il de ceux-là ?
De ceux-là il restera qu'enfin
    Nous les avons démasqués

2
Les grands dirigeants, eh bien — quoi
que restera-t-il de ceux-là ?
De ceux-là il restera
    Qu'ils furent tout bonnement renversés
Et leur règne éternel, eh bien — quoi
Que restera-t-il de celui-là
De celui-là il restera
    Qu'on l'aura d'importance écourté

3
La vérité ils l'étouffent avec du pain
Et que restera-t-il de ce pain ?
Ce qu'il en restera, et bien quoi
C'est qu'on l'aura mangé
Et cette chanson rabachée — eh bien quoi
Que restera-t-il de cette chanson ?
Eternellement il restera
    Qu'on l'aura oubliée

ROMANZE VON RITA —
MORITAT AUF DIE SOZIALISTISCHE MENSCHENGEMEINSCHAFT —
Ballade auf die plebejische Venus

1
Und ihr Mann kam spät von Arbeit
Rita öffnet ihm die Wohnung
Und er stand vor ihr mit stieren
Blicken, wirre Worte keuchend
Schnaps- und bierefeuchter Haß schlug
Rita aus dem Mann entgegen
Er griff ihr vom Arm das Baby
Und zerschmetterts auf der Schwelle

2
Vor Gericht und totennüchtern
Knirschte er zerknirscht die Gründe
Zeigte auch den anonymen
Brief vor, den er jenen Morgen
In der Baubude beim Bier fand
Worin stand: sein rotgehaartes
Kind sei von dem wohlbekannten
Rotgehaarten Hecht beim Hochbau

3
Rita ging ihr Kind begraben
Ohne Pastor und Verwandte
Saß dann zwischen Bett und Bettchen
In dem Hinterhof parterre
Saß auch Tage vor dem Gasherd
In der Küche, die der Schwamm fraß
Und am nächsten Montag morgen
Wusch sie sich und ging auf Arbeit

ROMANCE DE RITA
— COMPLAINTE DE LA COMMUNAUTE HUMAINE SOCIALISTE —
Ballade de la Vénus socialiste

1
Et son homme s'en revint tard du boulot
Rita lui ouvrit la maison
Il se tenait devant elle, regard de veau
Et balbutiait sans rime ni raison
Une haine humide de bière et de schnaps
Frappa Rita en pleine face
Des bras le bébé lui arracha
Et sur le seuil le fracassa

2
Au tribunal et dessaoulé à mort
Il remâcha, maussade, les motifs
Fit état de la lettre anonyme
Que chaque matin, près de sa bière
Il trouvait dans la baraque du chantier
On y disait que son enfant roux
Etait du brochet rouquin
Bien connu sur le chantier de construction

3
Rita partit enterrer son enfant
Sans pasteur, ni parents
Puis s'assit entre le petit lit et le grand
Au rez-de-chaussée de l'arrière-cour
Resta devant l'fourneau à gaz des jours
Dans la cuisine rongée de moisissures
Et le lundi suivant au petit matin,
Elle se lava et au boulot elle s'en alla

4
Die Kollegen schoben Rita
Leichte Arbeit zu, auf Arbeit
Und verschonten sie mit Mitleid
Und am nächsten Wochenende
Rückte die Brigade bei ihr
Ein mit Eimern, Pinseln, Farbe
Renovierte in zwei bunten
Tagen Ritas düstre Bude

5
Die Geschichte, die hier anfängt
Hätte hier ihr düstres Ende
Ohne Ritas Kirschenaugen
Augen, wie ein Baum voll Kirschen
Ohne diese traurigfrechen
Wilden Milch- und Honiglippen
Ohne Ritas Säulenschenkel
Die den Garten Eden tragen

6
Ja, vollkommen unvollkommen
Wären Ritas schwielenzarte
Streichelhände, unvollkommen
Ihre Butterbirnenbrüste
Ohne diesen Dauerhunger
Ihrer eingesperrten Sehnsucht
Immer nach Gestreicheltwerden
Von der Haut bis in die Seele

7
Paule Schuster, er war Lehrling
Er kam nach der Schicht zu Rita
Kam im Auftrag der Brigade
Türn und Fenster nachzustreichen
Nach der Arbeit: Korn mit Kaffee
Rita ruhte, Paul wurd kregel

4
Les collègues donnèrent à Rita
Un boulot facile.
Et lui firent grâce de leur pitié
Et le week-end suivant
La brigade, chez elle arriva
Avec des seaux, des couleurs, des pinceaux
Et refit en deux jours multicolores
La sinistre piaule de Rita

5
L'histoire qui commence ici
Prendrait ici une triste fin
S'il n'y avait eu les yeux cerises de Rita
Des yeux comme un arbre plein de cerises
S'il n'y avait eu ses lèvres tristes et moqueuses
Et sauvages, toutes lait et miel
S'il n'y avait eu les cuisses de Rita, colonnes
Porteuses du jardin d'Eden

6
Eh oui ! Elles auraient été parfaitement imparfaites
Les mains de Rita, douces et moites
De caresses, imparfaits
Ses seins, poires beurrées
Sans la faim lancinante
De son désir en cage
D'être toujours caressée
De la peau jusqu'à l'âme

7
Paul Schuster, c'était un apprenti,
Arriva après la relève chez Rita
Chargé par la brigade
De repeindre portes et fenêtres
Après le boulot : Eau de vie et café
Rita se reposait, Paul s'émoustilla

Paule Schuster kam nun öfters
Mit dem Pinsel und der Farbe

8
Trotz der kollektiven Tünche
Fraß der Schwamm sich durch die Tünche
Aus dem Lehrlingswohnheim schleppte
Paul paar Kumpels mit zu Rita
Die dem Paul die Leiter hielten
Eimerchen mit Latexfarbe
Gegen schwarze Wasserflecken
Diese Kumpels schluckte Rita

9
Rita schluckte diese wirklich
Hilfsbereiten jungen Helden
Doch was sind die kleinen Fische
Sprotten aus der Sprottenkiste
Gegen Maxe mit der Glatze
Mit den Schaufelbaggerhänden
Mit den Knochen aus Betonguß
Maxe kam vom Hoch- und Tiefbau

10
Und, vom Bett aus, an der Decke
Sah Max feuchten Putz abbröckeln
Und das nächstemal ritt Maxe
Ein mit einem Kipper Mörtel
Frisch vom Alex, und er brachte
Zum Verputzen gleich knallharte
Kerle mit, und *die* verputzte
Rita nach getaner Arbeit

11
Rita teilte sich in viele
Freuden, trauertolle Nächte
Ihre freier fuhren bei ihr

Paul Schuster désormais revint souvent
Avec son pinceau et ses couleurs

8
Malgré l'enduit collectif
Réapparut le moisi, vorace
Du foyer des apprentis Paul
Ramena quelques copains chez Rita
Pour tenir l'échelle de Paul
Le p'tit seau avec la peinture de latex
Contre les sombres taches d'humidité
Et de ces camarades, Rita n'en fit qu'une bouchée

9
Rita avala ces jeunes héros
Assurément bien serviables
Mais que sont ces petits poissons
— Sprats sortis de la caisse à sprats —
Face à Max, le chauve,
Avec ses mains en pelleteuses
Ses os coulés dans le béton
Max venait des grands chantiers de construction

10
Et, du lit au plafond,
Max voyait la peinture s'écailler
Et la fois suivante, Max débarqua
Avec une benne de mortier
Venue tout droit de l'Alex (38) et amena
Pour crépir des durs à cuire
Et ceux-là, Rita se les farcit
Une fois le travail achevé

11
Rita en de nombreuses joies
Se partagea et ses prétendants
Passèrent chez elle de folles nuits de deuil

Vor mit Dumpern und Traktoren
Aus geklauten Neubauteilen
Bauten allemann der Rita
Stück für Stück die Neubauwohnung
In den abbruchreifen Altbau

12
Rita klotzte ran auf Arbeit
Kochte abends Mittag, liebte
Heizte Ofen, soff und tanzte
Schickte Päckchen auch nach Bautzen
Pflanzte Veilchen auf dem Friedhof
Dabei griffen viele Rita
Nicht nur brüderlich und nicht nur
Unter ihre drallen Arme

13
Feste wogten durch die Wohnung
Tag der Republik und Wahltag
Tag der Frau und Tag des Lehrers
Tag des Eisenbahners, auch am
Tag des Buches, und Geburtstag
Der von Rita, Lenin, Ulbricht
Grund zum Feiern fand sich immer
Aber nie am Tag des Kindes

14
Blutrot von der Moritat fiel
Rita bleich in die Romanze
Und von da sank Rita tiefer
In die fröhlichste Ballade
In verschärfte Freiheit fiel sie
Seit ihr Mann gefallen war in
Die verschärfte Unfreiheit, sie
Stöhnte Nacht für Nacht beim Träumen

Avec des bennes et des tracteurs
Avec des éléments tout neufs, volés
Tout ce monde construisit pour Rita
Pièce par pièce un logis extra
Dans le vieux bâtiment croulant

12
Rita fonçait au travail
Faisait le soir la cuisine du midi
Aimait, chargeait ses fourneaux et dansait
Envoyait aussi à Bautzen de petits paquets (39)
Plantait des violettes au cimetière
Et plus d'un saisissait Rita
Et pas seulement en frère et pas seulement
Par ses bras plantureux

13
Un océan de fêtes passa sur le logis
Fête de la République et Jour des élections
Journée de la Femme et Journée de l'Enseignant
Journée du Cheminot et aussi Journée
Du livre, anniversaires
Celui de Rita, de Lénine, d'Ulbricht
Des raisons de faire la fête, elle en trouvait toujours
Sauf quand c'était la Journée de l'Enfant

14
Rouge sang, Rita tomba blême
De la complainte à la romance
Et de là tomba encore plus bas
Pour entrer dans la ballade la plus joyeuse
Dans une liberté maximum elle tomba
Depuis que son mari était tombé
Dans un maximum de manque de liberté
Toutes les nuits, dans ses rêves elle gémissait

15
Und vom Hinterhof die Mieter
Lagen nächtelang gerädert
Aufgegeilt und angewidert
Vom orgastischen Gegröhle
Krach beim Kacheln, Krach beim Prügeln
Wenn die Kerls sich gegenseitig
Morgens aus dem Fenster schmissen

16
Als der KWV*-Verwalter
Rita auf die Bude rückte
Seufzte er und zückte eine
Akte voll Beschwerdebriefe
Dann erlag er Ritas Lachen
Und bewilligte ihr eine
Badewanne und das nächste
Mal dazu den Wasserboiler

17
Von der FDJ die beiden
Bleichen Sekretäre kamen
Knapp vom Thema Vietnamkrieg
Bis zum Thema Anerkennung
Eh sie wegen Paul und Kumpels
Rita noch zur Rede stellten
Schwieg der eine schon beim Bierchen
Und der andre tatschte Rita

18
Die Gardinen zu zog Rita
Fahnenstoff aus rot und blauen
Frischen FDJ-Beständen

---

* KWU : Kommunale Wohnungsverwaltung (Service municipal des logements).

15
Et les locataires de l'arrière-cour
Subirent des nuits entières le supplice
Mis en rut, écœurés
Par les beuglements d'orgasme
Bruits de carrelage et tapage
Quand les gars se jetaient les uns les autres
Par la fenêtre, au matin

16
Lorsque le responsable des logements
Débarqua dans la piaule de Rita
Il soupira et tira
Un dossier plein de lettres de doléances
Alors il succomba au rire de Rita
Et lui accorda
Une baignoire et à la fois d'après
Le chauffe-eau pour aller avec

17
Les deux pâles secrétaires
Des jeunesses socialistes passèrent
Tout juste du sujet « Guerre du Vietnam »
Au sujet « Reconnaissance du pays »
Avant d'interroger Rita
Sur Paul et ses copains
L'un se tut lorsqu'il eût devant lui sa petite bière
L'autre se mit à chatouiller Rita

18
Rita ferma les rideaux
Rouge et bleue, une étoffe à drapeau
Des réserves de la Jeunesse socialiste

Als der ABV** sie mahnte
Polizeilich messerlippig
Stellte er verschärfte Fragen
Aber auch der Wohnblockbulle
Wankte hin den Weg des Fleisches

19
Und vom Baubetrieb von Ritas
Mann der Kaderleiter rückte
Rita peinlich auf die Pelle:
Rita, seit dein Mann im Zuchthaus
Einsitzt, ist aus Neubauteilen
Hier ein Unzuchthaus entstanden
— aber straflos rückte *dieser*
Dieser Frau nicht auf die Pelle!

20
Männlich sind die Machtorgane
Die Organe der Gesellschaft
Alle staatlichen Organe
Sind aus Männern. Gegen Menschen
Hilft der Mensch nicht. Gegen Männer
Helfen Frauen. Und auf Rita
Starb die Gier nach Macht in Männern
An der Großmacht der Begierden

21
Und durch Rita gingen jene
Männer durch, wie sanfter Regen
Durch die Augenwimpern regnet
Rita sang die achtdreiviertel
Stunden jeden Tag am Fließband
Und sie juchzte, wenn die Freier

** ABV : Abschnittsbevollmächtigter der deutschen Volkspolizei (Responsable de la police pour un quartier).

Lorsque le flic du quartier lui donna l'avertissement
Policièrement, les lèvres en lames de couteau
Il posa des questions incisives
Mais le flic des HLM lui aussi
Prit en vacillant le chemin de toute chair

19
Et du chantier de construction
Du mari de Rita arriva le chef de travaux
Et vola dans les plumes de Rita, quel désagrément :
Rita depuis que ton mari est en maison d'arrêt
Ici c'est une maison de débauche
Qui s'est construite avec les matériaux des chantiers
— Mais il ne resta pas impuni *celui* qui
Vola dans les plumes de *cette* femme-là !

20
Les organes du pouvoir sont virils
Les organes de la société
Tous les organes d'Etat
Sont masculins — Contre l'humain
L'humain ne peut rien — Contre les hommes
Il y a la femme. Et sur Rita
La soif de pouvoir qu'ont les hommes mourait
Terrassée par la grande puissance du désir

21
Et tous ces hommes traversaient Rita
Comme la douce pluie
Filtre à travers les cils
Rita passait chaque jour en chantant
Ses huit heures trois quarts à la chaîne
Et elle jubilait lorsque ses prétendants

Späße machten, immer dieses
Arme-Leute-dolce-vita

22
Weihnacht '70 fiel die Bombe
Aus dem Bierfcouvert zog Rita
Eine Explosion aus knappen
Strafvollzugsgenormten Worten:
»P. wird vorzeitig am achten
Fünften aus der Haft entlassen.«
Bis auf Neujahr hockte Rita
Stockbesoffen vor dem Gasherd

23
Kommt der Mörder P., auf den ich
Bange warte, dachte Rita
Vor der Zeit aus seinem Zuchthaus
Muß auch ich — und vor der Zeit! — aus
Meinem Hinterhof verschwinden
Oder, dachte Rita, besser:
Eh ers sieht verschwindet einfach
Dieses Haus mitsamt den Mietern!

24
Und da warf sie sich noch einmal
Lachend auf Berlin, das Dreckbett
Rita ließ noch einmal alle
Teufel in den Himmel tanzen
Griff sich einen alten Fummler
Der saß hoch genug und sorgte
Prompt für einen guten Irrtum:
Ritas Haus kam in den Abriß

25
Rita führte den geliebten
Mörder gleich vom Knast in eine
Lichtenberger Neubauwohnung

Faisaient des plaisanteries. Encore et toujours
La Dolce Vita des pauvres gens

22
A Noël 70, la bombe tomba
De l'enveloppe Rita tira
Une explosion de mots concis
Vocabulaire normalisé de l'exécution pénale
« Libération anticipée pour P.
Le huit. Cinq. »
Rita resta jusqu'à l'an nouveau
Saoûle comme une vache devant son fourneau

23
Si l'assassin P. que j'attends
Avec anxiété pensait Rita
Sort de taule avant son temps
Moi aussi je dois, avant mon temps
Disparaître de mon arrière-cour
Ou bien mieux, pensa Rita
Avant qu'il ne voit ça, ce serait plus simple
Que cette maison disparaisse avec ses locataires !

24
Une fois encore sur Berlin elle se jeta
En rigolant, ce lit de stupre qu'était Rita
Mena encore pour de bon
Avec ses diables une vie de patachon
Se dégotta un vieux tripoteur
Assez haut placé qui promptement eut à cœur
De faire commettre une bonne erreur
Et la maison devint la proie des démolisseurs

25
Droit de sa taule vers un logis tout neuf
Rita mena son assassin bien-aimé
Et Lichtenberg c'était le quartier

Und hier strauchelt die Romanze
Und die Moritat verendet
Und hier schrumpft auch die Ballade
Ein Roman schluckt Mann und Frau, und
Ihre neuen Kinder — leben

Et la romance ici de trébucher
Et la complainte de crever
Et la ballade aussi se rabougrit
Un roman de l'homme et de la femme ne fait qu'une bouchée
Et leurs enfants nouveaux — vivent

BRECHT, DEINE NACHGEBORENEN
Ihr, die ihr auftauchen werdet aus der Flut
In der wir untergegangen sind...

Auf die sich deine Hoffnung gründete
Mit deinen Hoffnungen gehn sie zugrunde
Die es einmal besser machen sollten
Machen die Sache anderer Leute immer besser
Und haben sich in den finsteren Zeiten
Gemütlich eingerichtet mit deinem Gedicht
Die mit dem Spalt zwischen den Augen
Die mit verrammelten Ohren
Die mit der genagelten Zunge

    Brecht, deine Nachgeborenen
    Von Zeit zu Zeit suchen sie
        mich
        heim

Scherben, vor mich hingebreitete Träume
Trümmer, vor mir aufgetürmte Erwartungen
Abfall früher Leidenschaften tischen sie mir auf
Schale Reste früheren Zorns schenken sie mir ein

Streun mir aufs Haupt früherer Feuer Asche
Karger Nachlaß hängt mir da gegenüber im Sessel
Gebrannt mit den Stempeln der Bürokratie
In die Daumenschrauben eingespannt der Privilegien
Zerkaut und ausgespuckt von der politischen Polizei

    Brecht, deine Nachgeborenen
    Von Zeit zu Zeit suchen sie
        mich
        heim

BRECHT TES DESCENDANTS
Vous qui émergerez des flots
Où nous avons sombré...

Ceux sur qui ton espoir se fondait
Les voici qui sombrent avec tes espérances
Ceux qui devaient faire mieux
Ce sont les affaires d'autres gens qu'ils arrangent
Et au sein des époques sombres, ils se sont
Confortablement installés avec ton poème
Ils ont un sillon entre les yeux
Ils ont les oreilles barricadées
Ils ont la langue clouée

> Brecht, tes descendants (40)
> Viennent de temps à autre
> m'importuner
> chez moi

Des débris, rêves étalés devant moi
Décombres, attentes amoncelées devant moi
Résidus de passions anciennes, voilà ce qu'ils me servent à manger
Les restes insipides des colères d'antan, voilà ce qu'ils me servent
[à boire
Ils répandent sur mon chef la cendre d'anciens feux
Une chétive œuvre posthume est là, en face de moi, dans le fauteuil
Brûlée par les tampons de la bureaucratie
Les doigts serrés dans les poucettes des privilèges
Mâchée et remâchée et recrachée par la police politique

> Brecht, tes descendants
> Viennent de temps à autre
> m'importuner
> chez moi

Und sind wie blind von der Finsternis um sie
Und sind wie taub von dem Schweigen um sie
Und sind wie stumm vom täglichen Siegesschrei
Immer noch feinere Leiden zufügen und
Aushalten, das haben sie gelernt und
Haben den Boden des großen Topfes noch
Lange nicht erreicht, an Bitternissen
Das bodenlose Angebot an fettiger Armut
Noch lange nicht ausgekostet

 Brecht, deine Nachgeborenen
  Von Zeit zu Zeit suchen sie
    mich
     heim

Auch romantisches Strandgut schwemmt bei mir an
Metapherntriefendes Treibholz der Revolution
Auf Messingschildern noch immer die großen Namen
Des 19. Jahrhunderts. Am Wrack noch ahnt man
Das Schiff. Die gesunkenen Planken berichten
Von der abgesoffenen Mannschaft. Der verrottete Hanf
Faselt noch immer von schiffebezwingenden Tauen
Ja, aufgetaucht sind sie aus der Flut, in der ihr
Untergegangen seid und sehn nun kein Land

 Brecht, deine Nachgeborenen
  Von Zeit zu Zeit suchen sie
    mich
     heim

Auch das, Meister, sind — und in Prosa — deine
Nachgeborenen : nachgestorbene Vorgestorbene
Voller Nachsicht nur mit sich selber
Ofter noch als die Schuhe die Haltung wechselnd
Stimmt : ihre Stimme ist nicht mehr heiser
— sie haben ja nichts mehr zu sagen
Nicht mehr verzerrt sind ihre Züge, stimmt :

Et ils sont comme aveugles des ténèbres qui les entourent
Et ils sont comme sourds du silence qui les entoure
Et ils sont comme muets des cris de triomphe quotidiens
Infliger des souffrances toujours plus raffinées,
Et les supporter, ça, ils l'ont appris
Et ils sont loin encore d'avoir
Atteint le fond de la grande marmite,
D'avoir épuisé les insondables ressources d'amertume
Au sein de cette pauvreté bardée de lard

    Brecht, tes descendants
    Viennent de temps à autre
        m'importuner
           chez moi

La marée m'apporte aussi des épaves romantiques
Trains de bois de la révolution, dégoulinants de métaphores
Et sur des plaques de cuivre toujours les grands noms
Du 19e siècle. A l'épave, on reconnaît encore
Le navire. Les planches du naufrage parlent
De l'équipage qui a bu la tasse. Le chanvre pourri
Radote encore ces histoires de câbles dompteurs de navires
Oui, ils ont surgi du flot dans lequel
Vous avez sombré et n'aperçoivent aucun rivage

    Brecht, tes descendants
    Viennent de temps à autre
        m'importuner
           chez moi

Çà aussi Maître — et en prose — ce sont tes descendants
Morts après toi, mais morts avant
Pleins d'égards, mais seulement pour eux-mêmes
Changeant d'attitude plus souvent que de chaussures
C'est vrai, leur voix n'est plus enrouée
— ils n'ont en effet plus rien à dire —
Leurs traits ne sont plus ravagés, c'est vrai

Denn gesichtslos sind sie geworden. Geworden
Ist endlich der Mensch dem Wolfe ein Wolf

> Brecht, deine Nachgeborenen
> Von Zeit zu Zeit suchen diese
> > mich
> > heim

Gehn dann endlich die Gäste, betrunken von der irreführenden
Wahrheit meiner Balladen, entzündet auch an der falschen Logik
Meiner Gedichte, gehn sie, bewaffnet mit Zuversicht, dann

Bleibe ich zurück: Asche meiner Feuer. Dann
Stehe ich da: ausgeplündertes Arsenal. Und
Ausgeknockt hänge ich in den Saiten meiner Gitarre

Und habe keine Stimme mehr und kein Gesicht
Und bin wie taub vom Reden und wie blind vom Hinsehn
Und fürchte mich vor meiner Furcht und bin

> Brecht, dein Nachgeborener
> Von Zeit zu Zeit suche ich
> > mich
> > heim

Car ils n'ont plus de visage. Enfin
L'homme est devenu un loup pour l'homme

  Brecht, tes descendants
  Viennent de temps à autre
        m'importuner
            chez moi

Si enfin mes hôtes, enivrés de la vérité pernicieuse
De mes ballades, enflammés par la fausse logique
De mes poèmes, s'en vont, armés d'assurance

Moi je reste en arrière : Cendre de mes feux. Alors
Je reste là : arsenal pillé. Et
Hors de combat, je pends aux cordes de ma guitare

Je n'ai plus de voix et plus de visage
Sourd à force de parler, aveugle à force de regarder
Et je m'effraie de ma frayeur et suis

  Brecht ton descendant
  De temps en temps
        je m'importune
           moi-même

DIE HAB ICH SATT!

* p. 274

1
Die kalten Frauen, die mich streicheln
Die falschen Freunde, die mir schmeicheln
Die scharf sind auf die scharfen Sachen
Und selber in die Hosen machen
In dieser durchgerissnen Stadt

    — die hab ich satt!

2
Und sagt mir mal: Wozu ist gut
Die ganze Bürokratenbrut?
Sie wälzt mit Eifer und Geschick
Dem Volke über das Genick
Der Weltgeschichte großes Rad

    — die hab ich satt!

3
Was haben wir denn an denen verlorn:
An diesen deutschen Professorn
Die wirklich manches besser wüßten
Wenn sie nicht täglich fressen müßten
Beamte! Feige! Fett und platt!

    — die hab ich satt!

4
Die Lehrer, die Rekrutenschinder
Sie brechen schon das Kreuz der Kinder

J'EN AI RAS L'BOL DE TOUS CEUX-LA

1
Ces femmes froides qui me caressent
Ces faux amis qui me flattent
Les amateurs de critiques pimentées
Mais qui font dans leur froc
En cette ville déchirée

   — j'en ai ras l'bol !

2
Et dites-moi, à quoi bon
Cette engeance de bureaucrates
Qui habilement s'évertue
A faire ployer l'échine du peuple
Sous la grande roue de l'histoire

   — j'en ai ras l'bol

3
A quoi peuvent bien servir
Ces professeurs allemands
Qui vraiment seraient plus intelligents
S'il ne leur fallait bouffer quotidiennement
Fonctionnaires lâches — gras et insipides

   — j'en ai ras l'bol

4
Et ces instituteurs, esquinteurs de conscrits
Ils commencent par briser l'échine des enfants

Sie pressen unter allen Fahnen
Die idealen Untertanen:
Gehorsam — fleißig — geistig matt

   — die hab ich satt!

5

Die Dichter mit der feuchten Hand
Dichten zugrund das Vaterland
Das Ungereimte reimen sie
Die Wahrheitssucher leimen sie
Dies Pack ist käuflich und aalglatt

   — die hab ich satt!

6

Der legendäre Kleine Mann
Der immer litt und nie gewann
Der sich gewöhnt an jeden Dreck
Kriegt er nur seinen Schweinespeck
Und träumt im Bett vom Attentat

   — den hab ich satt

7

Und überhaupt ist ja zum Schrein
Der ganze deutsche Skatverein
Dies dreigeteilte deutsche Land
Und was ich da an Glück auch fand
Das steht auf einem andern Blatt

   — ich hab es satt

Et poussent sous les drapeaux les plus divers
Des sujets exemplaires :
Obéissants, zélés — et complètement bouchés

    — j'en ai ras l'bol !

5
Et ces poètes à la main moite
A coups de poèmes liquident la patrie
Ils font rimer ce qui n'a ni rime ni raison
Ils dupent et engluent les chercheurs de vérité
Racaille visqueuse et vénale

    — j'en ai ras l'bol !

6
Le légendaire monsieur tout l'monde
Qui n'a fait qu'en baver sans jamais rien gagner
Il s'habitue à tout ce bazar
Pour peu qu'on lui donne du lard
Il rêve au lit d'accomplir un attentat

    — de celui-là, j'en ai ras l'bol !

7
Ce cercle allemand de joueurs de cartes
Ce pays d'Allemagne coupé en trois morceaux
Et pour le bonheur que j'ai pu y trouver
Il faut tourner la page

    — j'en ai ras l'bol !

ACHT ARGUMENTE FUR DIE BEIBECHALTUNG
des Namens » Stalinallee « für die Stalinallee

* p. 275

Es steht in Berlin eine Straße
Die steht auch in Leningrad
Die steht genauso in mancher
Andern großen Stadt

    Und darum heißt sie aucht STALINALLEE
    Mensch, Junge, versteh
    Und die Zeit ist passé!

Und Henselmann kriegte Haue
Damit er die Straße baut
Und weil er sie dann gebaut hat
Hat man ihn wieder verhaut

    Auch darum heißt das Ding STALINALLEE
    Mensch, Junge, versteh
    Und die Zeit ist passé!

Und als am 17. Juni
Manch Maurerbrigadier
Mit Flaschen schwer bewaffnet schrie
Da floß nicht nur das Bier

    Ja, darum heißt sie auch STALINALLEE
    Mensch, Junge, versteh
    Und die Zeit ist passé!

Und weil auf dieser Straße
Am Abend um halb zehn
Schon Grabesstille lastet
Die Bäume schlangestehn

HUIT ARGUMENTS EN FAVEUR DE LA CONSERVATION
du nom » d'Avenue Staline « pour l'Avenue Staline

Il y a dans Berlin une rue
Il y en a une aussi à Léningrad
Il y a la pareille dans plus d'une
Autre grande ville.

    Et c'est pour ça qu'elle s'appelle aussi l'AVENUE STALINE
    Bougre, mon garçon, comprends-moi
    Ce temps-là est révolu !

Henselmann (41) a reçu une volée
Pour construire cette rue
Et pour l'avoir construite
Comme plâtre on l'a battu

    Et c'est aussi pour ça que ça s'appelle l'AVENUE STALINE
    Bougre, mon garçon, comprends moi
    Ce temps-là est révolu !

Et lorsque le 17 juin (42)
Plus d'un maçon chef de chantier
Armé de bouteilles se mit à crier
Ce ne fut pas seulement la bière qui coula

    Oui, c'est pour ça qu'elle s'appelle aussi l'AVENUE STALINE
    Bougre mon garçon, comprends moi
    Ce temps-là est révolu !

Et parce que dans cette rue,
Le soir à neuf heures et demie
Déjà tombe un silence de mort
Et que les arbres font la queue

Auch darum heißt sie ja STALINALLEE
Mensch, Junge, versteh
Und die Zeit ist passé!

Es hat nach dem großen Parteitag *
Manch einer ins Hemde geschissn
Und hat bei Nacht und Nebel
Ein Denkmal abgerissn

    Ja, darum heißt sie doch STALINALLEE

Die weißen Kacheln fallen
Uns auf den Kopf ja nur
Die Häuser stehen ewig!
(in Baureparatur!!)

    Auch darum heißt das Ding STALINALLEE
    Mensch, Junge, versteh
    Und die Zeit ist passé!

Karl Marx, der große Denker
Was hat er denn getan
Daß man sein guten Namen
Schreibt an die Kacheln dran?!

    Das Ding heißt doch nicht KARL-MARX-ALLEE
    Mensch, Junge, versteh:
    STALINALLEE!

Wir wolln im Sozialismus

---

* Der XX. Parteitag der KPdSU 1956, auf dem die sowjetische Parteiführung die furchtbare halbe Wahrheit über Stalin sagte.

C'est aussi pour ça qu'elle s'appelle l'AVENUE STALINE
Bougre, mon garçon, comprends moi
Ce temps-là est révolu !

Après le grand Congrès du Parti (43)
Plus d'un a chié dans son froc
Est parti dans le brouillard et la nuit
Démolir un monument

    Oui, c'est pour ça qu'elle s'appelle malgré tout l'AVENUE
    [STALINE

Les carreaux blancs ne font
Que nous tomber sur la tête
Les maisons éternellement sont
(en réparation !)

    Et c'est pour ça aussi qu'elle s'appelle l'AVENUE STALINE
    Bougre, mon garçon, comprends moi
    Ce temps-là est révolu !

Karl Marx, le grand penseur
Qu'a t-il donc fait exactement
Pour qu'on écrive son beau nom
Sur les carreaux ? !

    Mais çà ne s'appelle pas l'AVENUE KARL MARX
    Bougre, mon garçon comprends moi :
    AVENUE STALINE !

Nous voulons dans le socialisme

Die schönsten Staßen baun
Wo Menschen glücklich wohnen
Die auch dem Nachbarn traun
                     ... könn'n!

  dann baun wir uns 'ne KARL-MARX-ALLEE!
  dann baun wir uns 'ne ENGELS-ALLEE!
  dann baun wir uns 'ne BEBEL-ALLEE!
  dann baun wir uns 'ne LIEBKNECHT-ALLEE!
  dann baun wir uns 'ne LUXEMBURG-ALLEE!
  dann baun wir uns 'ne LENIN-ALLEE!
  dann baun wir uns 'ne TROTZKI-ALLEE!

dann baun wir uns 'ne THALMANN-ALLEE!
dann baun wir uns 'ne PIECK-ALLEE!
dann baun wir uns 'ne...
  (verflucht, da fehlt doch noch einer!)
     BIERMANN-STRASSE

Mensch, Junge, versteh
Und die Zeit ist passé!
Die alte Zeit ist passé! [war]

Construire les plus belles rues
Où des gens habitent de belles maisons
Et peuvent faire confiance même
                          ... à leurs voisins !

   Alors on se construira une AVENUE KARL MARX !
   Alors on se construira une AVENUE ENGELS !
   Alors on se construira une AVENUE BEBEL !
   Alors on se construira une AVENUE LIEBKNECHT !
   Alors on se construira une AVENUE LUXEMBURG !
   Alors on se construira une AVENUE LENINE !
   Alors on se construira une AVENUE TROTSKY !

Alors on se construira une AVENUE THALMANN !
Alors on se construira une AVENUE PIECK !
Alors on se construira une...
  (zut, il en manque encore une !)
    RUE BIERMANN

Bougre, mon garçon, comprends-moi
Ce temps est révolu
Ce temps ancien ~~est~~ *était* révolu !

NICHT SEHEN — NICHT HÖREN — NICHT SCHREIEN ODER
Ballade von meiner Mutter einzigem Sohn

* p. 276

1

Und als er endlich die Augen aufmachte
Na, was sah da wohl meiner Mutter einziger Sohn?
Da sah er bei hellichtem Tage die Nacht
Die trübesten Geister voll strahlender Macht
Die Dunkelmänner auf lichtem Thron
— *das* sah da meiner Mutter Sohn
        als er die Augen aufmachte
Und sah da finstere Despotie
Und sah doch noch immer ganz gerne die bleichen
Die birnweichen Knie von Eva-Marie

2

Und als er endlich die Ohren aufmachte
Na, was hörte da wohl meiner Mutter einziger Sohn?
Da hörte er plötzlich wie totenstill
Das ist bei all dem Kriegsgebrüll
Die Stille vor der Explosion
— *die* hörte da meiner Mutter Sohn
        als er die Ohren aufmachte
Wie laut da des Volkes Schweigen schrie!
Und er hörte noch immer ganz gerne die frechen
Liebreizenden Lieder von Eva-Marie

3

Und als er endlich den Mund aufmachte
Na, wie erging es da wohl meiner Mutter einzigem Sohn?
Mensch, da verging ihm aber Hören und Sehn!!
Mann, das war wirklich schon gar nicht mehr schön!
Da kriegte er Steine statt Brot zum Lohn!
— *so* ging's da meiner Mutter Sohn

NE PAS VOIR — NE PAS ENTENDRE — NE PAS CRIER OU
Ballade du fils unique de ma mère

1
Et lorsqu'enfin il ouvrit les yeux
Eh bien que vit donc le fils unique de ma mère ?
Il vit au grand jour la nuit
Les esprits les plus chagrins rayonnants de puissance
Des gens douteux sur un trône de lumière
— C'est ça que vit alors le fils de ma mère
            lorsqu'il ouvrit les yeux
Et il vit le despotisme le plus sinistre
Mais il voyait toujours avec le même plaisir
Les genoux pâles et doux comme poires mûres d'Eva-Marie

2
Et lorsqu'enfin il ouvrit les oreilles
Eh bien qu'entendit le fils unique de ma mère ?
Il entendit soudain le silence de mort
Qui règne sur tous les rugissements guerriers
Le silence avant l'explosion
— C'est ça qu'entendit le fils de ma mère
            lorsqu'il ouvrit les oreilles
Mais quel cri dans le mutisme du peuple
Mais il entendait toujours avec le même plaisir
Les chansons insolentes et charmeuses d'Eva-Marie

3
Et lorsqu'enfin il ouvrit la bouche
Eh bien qu'arriva-t-il au fils unique de ma mère ?
Bougre ! L'envie d'entendre et de voir lui passa
Bougre ! Ce n'était plus du tout chouette !
Il reçut en salaire des pierres au lieu de pain !
— C'est ça qui arriva au fils de ma mère

          als er den Mund aufmachte
Und wie er auch lauthals die Wahrheit schrie
Er schwieg auch ganz gerne und schluckte die heißen
Kartoffelpuffer von Eva-Marie

4

Und als ich mich bei ihm um Rat befragte
Na, was riet mir da wohl meiner Mutter einziger Sohn?
Reiß auf deine Augen! Reiß auf deine Ohrn!
Sonst bist du verschaukelt und gleich verlorn
Reiß auf deinen Rachen mit lautem Ton!
— *das* riet mir meiner Mutter Sohn
          als ich um Rat ihn fragte
Im übrigen aber riet er mir nie
Er küßte viel lieber die ebenfalls bleichen
Und birnweichen Schultern von Eva-Marie

Elastischer Hinweis auf die Moral

Die Regel: NICHT SEHEN — NICHT HOREN — NICHT SCHREIN
Die stammt von den Heiligen Affen, den drei'n
Die Drei sind gekauft von der Reaktion!!
— *das* sagt euch meiner Mutter Sohn
Die dreimal verfluchte Regel de tri
Gilt höchstens und manchmal wenn Leute zu nah sind

— und wir uns umarmen — *für:* Eva-Marie

           lorqu'il ouvrit la bouche
Et tout en criant à pleine voix la vérité
Il se tut aussi bien volontiers et avala les chaudes
Crèpes à la fécule d'Eva-Marie

4

Et lorsque je lui demandai conseil
Eh bien, que me conseilla-t-il le fils unique de ma mère ?
Ouvre bien grand les yeux, ouvre grand les oreilles !
Sinon tu seras largué et tout aussitôt perdu
Ouvre grand ton gosier et hurle !
— C'est cela que me conseilla le fils de ma mère
           lorsque je lui demandai conseil
Pour le reste, il ne me conseilla jamais
Il préférait de beaucoup embrasser les épaules
Pâles et douces comme poires mûres d'Eva Marie

Référence élastique à la morale

La règle : NE PAS VOIR, NE PAS ENTENDRE, NE PAS CRIER
Nous vient des trois Singes sacrés
Les Trois sont vendus à la réaction !
— c'est ce que vous dit le fils de ma mère
La règle de trois, trois fois maudite
Vaut tout au plus et parfois seulement lorsque les gens sont trop
                                                                                                      [près
— et que nous nous embrassons — pour : Eva-Marie

PORTRAIT EINES MONOPOLBUROKRATEN

In deinem Land ist die Revolution
Lebendig
Begraben, Genosse, du feierst zu früh, zu
Lange schon dauert der Leichenschmaus
Den Kellnern und Köchen.
Von deinen Lippen wehn uns die Fahnen
Aus Rotwein. Ja, schön ist es
Das Wort zu ergreifen im Klassenkampf
Der Trinksprüche. Die Macht
In der Tasche, vor Augen den Herzinfarkt
So sehn wir dich die umkämpfte Stellung halten
Hinter den Bankett-Barrikaden.

Warum säufst du dich tot für uns?
Warum frißt du dich krank für uns?
Warum redest du dich kaputt für uns?

Verraten deine Spitzel dir nicht
Was die Männer von der Müllabfuhr sagen
Wenn sie dich vorbeiflüchten sehn
In einer Kolonne aus kugelsicheren
Staatslimousinen, versteckt hinter Gardinen
In den nächsten Bürobunker? Achtung!
— sagen die Männer von der Müllabfuhr:
Bonzenschleudern!

Verjagt sind die Ausbeuter
In den Fabriken schuftet das Volk
Dem Volk gehören die Fabriken, aber
Wem gehört das Volk?!

Die Arbeiter schützen sich vor deiner Rache, warum sonst
Halten sie in der Kantine die Hand vorn Mund

PORTRAIT DU BUREAUCRATE MONOPOLEUR

Dans ton pays, la Révolution
Est enterrée
Vivante, camarade, tu te reposes trop tôt
Trop longtemps dure déjà le funèbre festin
Pour les serveurs et les cuisiniers.
De tes lèvres s'échappe, drapeau rouge,
Ton haleine avinée. Oui que c'est beau
De prendre la parole dans la lutte des classes
Des toasts. Le pouvoir en poche,
L'infarctus en vue
C'est ainsi que nous te voyons défendre ta position
Derrière les barricades des banquets

Pourquoi te saoules-tu à mort pour nous ?
Pourquoi t'empiffres-tu à en crever pour nous ?
Pourquoi t'échines-tu en discours pour nous ?

Les indicateurs ne te rapportent-ils pas
Ce que les éboueux disent
Quand ils te voient passer à la sauvette
Dans une colonne de limousines
Officielles aux vitres pare-balles, caché derrière les rideaux
Pour te rendre dans la forteresse de ton bureau ? Attention !
— disent les éboueux
V'là les cages à bonzes !

Les exploiteurs on les a chassés
Dans les usines, c'est le peuple qui bosse
Elles appartiennent au peuple, les usines, mais
Le peuple, à qui appartient-il ! ?

Les ouvriers prennent garde à ta vengeance, pourquoi sinon
Garderaient-ils à la cantine la main devant la bouche

Wenn sie einen Witz über dich erzählen?
Die Zeitungsschreiber verachten dich
Denn so übertrieben loben sie dich
Daß jeder Plattkopf über dich grinsen muß.

Die Kinder fürchten sich vor dir: In der Schule
Gibt es Aerger und schlechte Noten, wenn sie sagen
Was sie zu Haus über dich aufgeschnappt haben.

Warum geht dir das Volk so auf den Wecker?
Warum schlägt dir die Wahrheit so auf den Magen?
Warum ärgert dich die langhaarige Trauer der Jugend?
Dieses Gedicht, warum empört es dich?
Warum äffst du die Bourgeois nach?
Warum zitterst du so vor der Diktatur
Des Proletariats?

PROBLEM DES SOZIALISMUS
Er geht nicht
Ohne Menschen

PROBLEM DES FRIEDENS
Er ist bewaffnet

Quand ils racontent des blagues sur ton compte ?
Les rédacteurs de journaux te méprisent
Car ils répandent tant de louanges sur toi
Que le premier imbécile ne peut que ricaner

Les enfants te craignent : A l'école
Ça barde et les mauvaises notes pleuvent
Quand ils disent ce qu'à la maison ils ont pigé à ton sujet

Pourquoi le peuple te tape-t-il tellement sur les nerfs ?
Pourquoi la vérité te porte-t-elle sur l'estomac ?
Pourquoi la tristesse chevelue des jeunes t'irrite-t-elle ?
Et ce poème, pourquoi te met-il en colère ?
Pourquoi singes-tu les bourgeois ?
Pourquoi trembles-tu de la sorte à l'idée de la dictature
Du prolétariat ?

Problème du Socialisme
Il n'est pas possible
sans hommes

Problème de la Paix
Elle est armée

DIE LIBERALEN

Reparaturbrigade in der Untertanenfabrik:
Die Liberalen schmieren
Die Menschenbrechmaschine mit Gehirnschmalz
Oelen das Tor in die Vergangenheit
Mit Zukunftsgelaber, täglich
Flicken sie die zerrissene Gesellschaft
Aber abends erholen sie sich
Von solcher Arbeit bei meinen Gesängen

Auch im Lügenmaul wird Brot nicht zu Stein
Zu Essig wird der Wein im Glase der Heuchler nicht
Die mit der gerümpften Schnapsnase
Unter den schmutzigen Röcken der Revolution
Die mit den harten Worten
Unter der Bettdecke
Die mit der weichen Birne, wurmstichig
Und abgefallen: die Liberalen, Fallobst
Der Geschichte: die Liberalen
    schmatzen meinen Schrei
    trällern meine Trauer
    knödeln meine Hoffnung

Was tun, Genossen? Soll ich nun darum gleich
    Steine backen? Gleich
    Essig keltern? Gleich
    schweigen?

LES LIBERAUX

Brigade de réparation à la fabrique des citoyens soumis
Les libéraux graissent
La machine à briser les hommes avec du saindoux de cerveau
Ils huilent le portail qui conduit au passé
Avec leurs insipides jus d'avenir, chaque jour
Ils ravaudent la société déchirée
Mais le soir, ils se remettent
De ce travail en écoutant mes chansons

Même dans une gueule de menteur le pain ne se transforme pas
    [en pierre
Dans le verre des tartuffes, le vin ne tourne pas au vinaigre
Ceux qui froncent leurs nez enluminés
Cachés sous le froc sali de la Révolution
Ceux qui prononcent des paroles dures et pures
Dans leur lit, sous la couverture
Ceux dont la poire est molle, véreuse
Et tombée : Les libéraux, ces fruits talés
De l'histoire, les libéraux
    bouffent mon cri
    fredonnent ma tristesse
    font des croquettes de mon espoir

Que faire, camarades ? Me faudrait-il sur le champ
    mettre des pierres au four ?
    Pressurer du vinaigre ?
    Ou bien sur le champ
    me taire ?

VIER SEHR VERSCHIEDENE VERSUCHE, MIT DEN ALTEN GENOSSEN NEU ZU REDEN
Für Lou und Ernst Fischer

Erster Versuch
Ihr alten Genossen, geschmückt mit den blutigen Narben
Des herrlichen Sklaven Spartakus, geblendet auch
Mit jener trotzigen Weitsicht geblendeter Bauern
Verblüht sodann in den Fabriken der Armut
Zerfetzt vor Madrid, als Moorsoldaten gefallen
Und bleichgeglüht in den Ofen von Auschwitz
Überrollt von dem eigenen Karrn des Parteiapparats
Gerädert seid Ihr und dreifach gebrochen, geschleift
Vom rasenden Karrn des bärtigen Kutschers Stalin
Genossen! Ein offenes Wort! Wir melden uns an

    Was?
    Keine Zeit?
    Staatsempfang?
    Wartet der Wagen unten?
    Wir warten auch

Zweiter Versuch
Wie wir auch immer Euch entgegentraten
In Ehrfurcht, Furcht und Zorn sodann
Ihr schiebt uns ab wie Kinder oder Feinde
Wärn wir nur Neger, Blumenzüchter, Christen
Devisenbringer, Spezialisten, Sportler
Ihr hättet uns schon längst ins Herz geschlossen
Mit blindem Haß, mit Foltern, Scheiterhaufen
Hat auch die Kirche nur die Ketzer totgehetzt
Ihr Greise! Junge, alte! Ihr unerbittlich harten!

Genossen, kennt Ihr uns denn noch?

QUATRE TENTATIVES TRES DIFFERENTES DE TENIR AUX VIEUX CAMARADES UN LANGAGE NOUVEAU
Pour Lou et Ernst Fischer (44)

Première tentative
Vous, les vieux camarades, parés des cicatrices sanglantes
Du splendide esclave Spartacus, aveugles aussi
Du défit des paysans sans yeux mais au regard d'avenir
Fanés ensuite dans les usines de misère
Réduits en lambeaux devant Madrid, soldats des marais, tombés
Et blanchis à la flamme des fours d'Auschwitz
Ecrasés par le char même de l'appareil du Parti
Vous êtes écartelés et trois fois brisés, traînés
Par le char fou du cocher barbu Staline
Camarades ! Un mot à cœur ouvert ! Nous voici !

    Quoi ?
    Pas le temps ?
    Visite officielle ?
    La voiture attend en bas ?
    Nous attendrons aussi.

Deuxième tentative
Quoique toujours nous soyons allés au-devant de vous
Avec respect, peur et colère
Vous nous avez refoulés comme des enfants ou des ennemis
Si seulement nous étions des nègres, des jardiniers, des chrétiens
Des porteurs de devises, des spécialistes, des sportifs
Vous nous auriez depuis longtemps serrés sur votre cœur
De sa haine aveugle, de ses supplices, de ses bûchers
l'Eglise n'a poursuvi à mort que les hérétiques
Vous autres, vieillards ! Jeunes ou vieux ! Vous qui êtes durs et
                                                            [sans merci !
Camarades, nous connaissez vous donc encore ?

Was?
Keine Zeit?
Staatsempfang?
Wartet der Wagen unten?
Wir warten auch

Dritter Versuch
Ach, Genossen, Freunde, würdig unsrer
Unbegrenzten Achtung, alt an Jahren zwar
Doch frisch im Herzen; immer glüht Ihr noch
In schöner Leidenschaft für unsre Sache
Altersstarrheit, greise Eitelkeiten
Sind so fremd Euch wie wir selbst Euch nah
Ihr, die mühsam in den ersten Jahren
Hitlers Höllen kaum entronnen
Ohne Zeit für Bildung, Liebe und Genuß
Brot uns gabt und Bücher — hört uns an!

Was?
Keine Zeit?
Wartet der Wagen unten?
Jetzt wartet Ihr mal!

Viertens
Ihr impotenten, ausgelaufnen Fässer!
Noch immer wollt Ihr geil vor Machtbegier
Das Volk begatten mit dem Gummiknüppel?
Denkmale seid Ihr einstmals großer Tage
Verzerrt zu Stein, gefährlich wandelnde Statuen
Schwankt Ihr durch unsere Städte, umgeben von
Feurigen Schönrednern, Spitzeln, Blechmusik
Syphilitische Jungfraun schwenken Weihrauchfässer
Starr jubelt das Volk im Spalier. — Spott
Und furchtbar seid Ihr uns geworden!

Ouoi ?
Pas le temps ?
Visite officielle ?
La voiture attend en bas ?
Nous attendrons aussi.

Troisième tentative
Ah camarades, amis dignes de notre considération
Illimitée, vieux de par les ans certes
Mais jeunes de cœur, vous continuez de brûler
Avec une belle passion pour notre cause
La pétrification de l'âge, la vanité des vieillards
Vous sont aussi étrangères que nous sommes proches de vous
Vous qui péniblement dans les premières années
Avez à peine échappé à l'enfer de Hitler
Sans avoir le temps de vous cultiver, d'aimer et de jouir
Vous nous avez donné du pain et des livres — Ecoutez-nous
[donc !

Quoi ?
Pas le temps ?
Visite officielle ?
La voiture attend en bas ?
Nous attendrons aussi

Quatrièmement
Vous les impuissants, bande de tonneaux percés
Vous voulez continuer, concupiscents de pouvoir,
A accoupler le peuple avec la matraque
Vous êtes les monuments d'une époque autrefois grande
Pétrifiés, caricaturaux, statues ambulantes et dangereuses
Qui vacillez en traversant nos villes, entourés
De beaux-parleurs pleins de flamme, d'espions, de fanfares
Des vierges syphilitiques agitent des encensoirs
Formant la haie, le peuple figé jubile — Dérisoires
Et terribles, voilà ce que vous êtes devenus pour nous

Der Wagen wartet?
Auf uns?
Ja, ja. Jetzt ist Zeit für uns, lange Zeit
**WORAUF WARTEN
WIR DENN NOCH?!**

La voiture attend?
Nous attend?
Oui. Maintenant il est temps pour nous, grand temps
QU'ATTENDONS-NOUS
 ENCORE?!

DIE STASI-BALLADE

*p. 277

1
Menschlich fühl ich mich verbunden
mit den armen Stasi-Hunden
die bei Schnee und Regengüssen
mühsam auf mich achten müssen
die ein Mikrophon einbauten
um zu hören all die lauten
Lieder, Witze, leisen Flüche
auf dem Clo und in der Küche
— Brüder von der Sicherheit
ihr allein kennt all mein Leid

Ihr allein könnt Zeugnis geben
wie mein ganzes Menschenstreben
leidenschaftlich zart und wild
unsrer großen Sache gilt
Worte, die sonst wärn verscholln
bannt ihr fest auf Tonbandrolln
und ich weiß ja: Hin und wieder
singt im Bett ihr meine Lieder
— dankbar rechne ich euchs an:
die Stasi ist mein Ecker
   die Stasi ist mein Ecker
      die Stasi ist mein Eckermann

2
Komm ich nachts alleine mal
müd aus meinem Bierlokal
und es würden mir auflauern
irgendwelche groben Bauern
die mich aus was weiß ich für
Gründen schnappten vor der Tür
— so was wäre ausgeschlossen

BALLADE DE LA POLICE SECRETE

1
Humainement je me sens lié
Avec ces pauvres mecs de la Secrète
Qui par la neige et par la pluie
Sont contraints de veiller sur moi.
pour tout entendre de mes chansons,
de mes saillies, de mes jurons
ils ont installé un micro
dans ma cuisine, dans mes WC
Frères de la Sécurité
vous seuls mes malheurs savez

Vous seuls pouvez témoigner
que mon unique souci
ma passion démente et douce
à notre cause est consacrée
mes paroles sinon oubliées
sur vos bandes vous les fixez
et je le sais, de temps à autre
mes chansons au lit vous chantez
— je vous en dis ma gratitude
La Secrète, c'est mon secret
   la Secrète c'est mon secret
      la Secrète c'est mon secrétaire

2
Si revenant de ma brasserie
tout seul et fatigué la nuit
et que par hasard quelques malotrus
attendaient ma venue
pour me kidnapper
dans je ne sais quel but
tout ça c'est impossible

167

denn die grauen Kampfgenossen
von der Stasi würden — wetten?! —
mich vor Mord und Diebstahl retten

denn die westlichen Gazetten
würden solch Verbrechen — wetten?! —
Ulbricht in die Schuhe schieben
(was sie ja besonders lieben!)
dabei sind wir Kommunisten
wirklich keine Anarchisten
Terror (individueller)
ist nach Marx ein grober Feller
die Stasi ist, was will ich mehr
mein getreuer Leibwäch
    mein getreuer Leibwäch
        mein getreuer Leibwächter

3
Oder nehmen wir zum Beispiel
meinen sexuellen Freistil
meine Art, die so fatal war
und für meine Frau ne Qual war
nämlich diese ungeheuer
dumme Lust auf Abenteuer
— seit ich weiß, daß die Genossen
wachsam sind, ist ausgeschlossen
daß ich schamlos meine Pfläumen
pflücke von diversen Bäumen

denn ich müßte ja riskiern
daß sie alles registriern
und dann meiner Frau serviern
so war würde mich geniern
also spring ich nie zur Seit
spare Nervenkraft und Zeit
die so aufgesparte Glut
kommt dann meinem Werk zugut

car mes camarades tout gris dans leur tenue
de la Secrète me sauveraient je le parie
du meurtre et de la volerie

car les journaux occidentaux
auraient vite fait parions-le
de mettre au compte d'Ulbricht le forfait
(ils prennent à cela malin plaisir!)
pourtant nous autres communistes
ne sommes en rien des anarchistes
le terrorisme individuel
est selon Marx péché mortel
et la Secrète, que voudrais-je de plus
me fournit mes fidèles
   mes fidèles gardes
      mes fidèles gardes du corps

3
Ou par exemple prenons
ma liberté fatale et sexuelle
cette manie, un vrai démon,
pour ma femme si cruelle
j'entends par là ce plaisir
immense et sot que je prends aux aventures
me sachant surveillé par mes sbires
il me faut maintenant exclure
de cueillir mes petits fruits sans pudeur
à des arbres de diverses couleurs

car il me faudrait risquer
que tout par eux soit enregistré
à ma femme ils rapporteraient
et vraiment ça me gênerait
si bien que je ne fais plus d'écarts
j'économise mon temps et mon lard
et l'ardeur ainsi ménagée
profite à mon œuvre tout entier

— kurzgesagt: die Sicherheit
sichert mir die Ewig
  sichert mir die Ewig
    sichert mir Unsterblichkeit

4
Ach, mein Herz wird doch beklommen
sollet ihr mal plötzlich kommen
kämet ihr in eurer raschen
Art, Genossen, um zu kaschen
seis zu Haus bei meinem Weib
meinen armen nackten Leib
ohne menschliches Erbarmen
grade, wenn wir uns umarmen
oder irgendwo und wann
mit dem Teufel Havemann

Wenn wir singen oder grad
Konjak kippen, das wär schad
ach, bedenkt: ich sitz hier fest
darf nach Ost nicht, nicht nach West
darf nicht singen, darf nicht schrein
darf nicht, was ich bin, auch sein
— holtet ihr mich also doch
eines schwarzen Tags ins Loch
ach, für mich wär das doch fast
nichts als ein verschärfter
  nichts als ein verschärfter
    nichts als ein verschärfter Knast

Nachbemerkung und Zurücknahme

Doch ich will nicht auf die Spitze
treiben meine Galgenwitze
Gott weiß: es gibt Schöneres
als grad eure Schnauzen

— bref la Sécurité
m'assure l'éter...
   m'assure l'éter...
      m'assure l'immortalité

4
Hélas mon cœur se serre
si vous deviez soudain venir
vous viendriez rapides à votre manière
camarades pour cueillir
mon pauvre corps tout dénudé
à la maison auprès de mon aimée
juste quand nous serions enlacés
sans la moindre trace de pitié
ou bien encore à quelque table
avec Havemann, ce diable

alors que nous chantons à plein gosier
et buvons not' cognac, ce serait dommage
je suis coincé ici — il ne faut pas l'oublier
à l'est comme à l'ouest, pour moi pas de voyage
je n'ai le droit ni de chanter ni de crier
ni d'être celui que je suis
si donc un jour vous veniez me chercher
pour me coller au trou par une sombre journée
ce ne serait pour moi en vérité
rien d'autre qu'une prison
  qu'une prison
    qu'une prison renforcée

Epilogue et rétractation

Mais je ne veux pas pousser
plus loin mon humour noir
Dieu sait : il y a des choses plus belles à voir
que vos gueules de policiers

Schönre Löcher gibt es auch
als das Loch von Bautzen

Il y a des trous plus beaux
que ceux de vos prisons (39)

BALLADE VOM TRAUM

1
Der Möbelwagen schwimmt die leere Friedrichstraße lang
Und landet vor dem Haus, ja ja, ich weiß: der will zu mir
Schrein kann ich nicht, die Schritte kommen, und ich kenn den Gang
Da klotzen schon die vier knallharten Packer in die Tür
Und schaffen mich im Bett die Treppen runter: immer vier Mann — vier Ecken! und verfrachten mich im Laderaum
Dann das Klavier, den Kleiderschrank, die Bücher, Gummibaum
Die Schreibmaschine, alle acht Gitarren gut verstaut
Dann heult der Diesel auf, die Wagentür wird zugehaun
— das ist mein Traum, vor dem mir jeden Abend graut

2
Der volle Möbelwagen-Walfisch schwimmt mit mir im Bauch
Das Stück Hannoversche, die Charité wird rechts passiert
Links Invalidenstraße durch den Schlagbaum... Slalomschlauch
Wir schwimmen durch die Grenze, und der Staatsrat salutiert
Spalier steht das Politbüro, die Knarre präsentiert
Schon sind wir durch und drüben, Mensch, wie leicht geht das!
Da winkt auch schon ein Strand: der Kuhdamm schillert regennaß
Der Fisch spuckt mich mitsamt den Möbeln auf den Asphalt, halbverdaut
Macht eine Wende, schwimmt zurück — ich such wie wild mein Paß
— das ist mein Traum, vor dem mir jeden Abend graut

3
Der westberliner Himmel schluchzt und heult sich auf mir aus
Ich krabbel aus dem Müll und renn mit festgewachsnen Schuhn

LA BALLADE DU REVE

1
Le camion déménageur nage dans la Friedrichstrasse déserte
Jusqu'à ma porte et je le sais : il vient pour moi
Impossible de crier, les pas se rapprochent je connais leur bruit

Déjà les quatre vigoureux déménageurs passent lourdement la porte
Et me descendent par l'escalier avec mon lit : toujours quatre
Hommes — quatre coins ! ils m'enfournent dans le camion
Puis c'est le piano, l'armoire, les livres, le caoutchouc

La machine à écrire, les huit guitares bien casées
Le moteur vrombit, la portière claque
   — C'est là le rêve qui chaque soir m'emplit d'épouvante

2
La baleine pleine de meubles nage avec moi dans le ventre
Par le Quartier de Hanovre, on passe la Charité (54) à droite
Puis laissant l'Invalidenstrasse c'est la barrière... Conduite
  en slalom (55)
Nous nageons à travers la frontière, le Conseil d'Etat salue
Le Bureau Politique fait la haie, présentez armes !
Nous voilà déjà de l'autre côté, bougre que c'est facile !
Rivage qui me fait signe le Kuhdamm (56) miroite de pluie

Le cétacé me recrache sur l'asphalte avec mes meubles, à moitié
  digéré
Il fait demi-tour et retourne d'où il vient — moi désespérément
  je cherche mon passeport
   — C'est là le rêve qui chaque soir m'emplit d'épouvante

3
Le ciel de Berlin Ouest sanglote sur moi et déverse ses pleurs
A quat'pattes j'émerge des ordures et, accroché à mes godasses

Zurück woher ich kam und will will will und will nach Haus
Die Mauer flatter ich entlang wie ein besoffnes Huhn
Und reiß ein Loch und beiß mich durch den Stacheldraht, und
   nun
Zerreißen Schüsse meinen Bauch: der deutsche Schäferhund
Verschlingt König Renauds Gedärme, die sind seltsam bunt
Und dampfen; roter Saft fällt komisch aus der tauben Haut
Und Regen regnet in den starren himmeloffnen Mund
— das ist mein Traum, vor dem mir jeden Abend graut

4
Hohe Huldigung für Eva
Dann wach ich auf, von Schweiß und Tränen klitschenaß
Mein Weib weint trocken mit und streichelt mich
Sie weiß es ja — und doch, sie fragt dann: Was
Was hast du, Lieber, laß den schwarzen Traum, dreh dich
Mal um zu mir! Na, siehst du, du bist schon o.k. — oh je!
Du hast die Nacht zu gut gegessen und zu schwer verdaut
   — und darum träumst du auch den Traum, vor dem mir graut

je retourne au pas de course
Vers là d'où je viens, je veux rentrer rentrer chez moi
Le long du mur je volète comme une volaille saoûle

Et fais un trou en mordant les barbelés et alors
Des coups de feu me déchiquètent le ventre, le berger allemand
Dévore goulûment les tripes du Roi Renaud, étrangement bigarrées
Et fumantes, un drôle de jus rouge s'échappe de ma peau insensible
Et la pluie tombe dans ma bouche grand ouverte et figée
   — C'est là le rêve qui chaque soir m'emplit d'épouvante

4
Grand hommage pour Eva
Alors je m'éveille, mouillé à tordre de larmes et de sueur
Ma femme pleure sans larmes elle me caresse
Elle sait ce qui m'arrive — et pourtant elle demande : Qu'as-tu
Qu'as-tu mon chéri, quitte ce rêve sombre, tourne-toi
Vers moi ! Bon, tu vois, ça marche. — oh !
Tu as trop bien mangé cette nuit et bien mal digéré
   — et c'est pour ça que tu fais ce rêve, qui m'emplit d'épouvante

UEBER BEDRAENGTE FREUNDE

1
Einige bedrängte Freunde, immer wieder drängen mich diese
Dies Land zu fliehn: Mensch rette dich
In die Welt! Ein Sänger muß singen! Auch der Westen
Wird östlich. Kommunisten sind Mangelware, und wo
Gibt es schon Kommunismus?
Heb deine Tageskunst auf für die nach uns kommen
Deine Papierbündel bringe in Sicherheit und
Schütze deine 140 Pfund vor dem Zugriff derer
Deren Eigentum das Volk ist. Mann
Sie haben dich bis jetzt nur nicht eingelocht
Weil ihnen das zu teuer ist! Was aber
Wenn es zu teuer wird, dich nicht einzulochen?

2
Ach, die so reden
Brauchen mich nicht

So schlecht wie bisher
Können die gut weiterleben
Auch ohne mich

Schlechter behandeln die mich
Als sie ein Stück trocken Brot behandeln

Was also für ein Talent wäre da so dringlich
Für die Welt zu retten, Freundchen
Das dir entbehrlich ist? Genosse
Welche Kunstwerke sollen da
Auf die Menschheit losgelassen werden
Die du nicht brauchst wie Brot?

Das geb ich euch schriftlich: Wenn ihr

A PROPOS D'AMIS PREOCCUPES

1
Quelques amis préoccupés me conseillent toujours
De fuir ce pays : Bougre ! sauve-toi
Dans le monde ! Un chanteur doit chanter ! L'Ouest aussi
Deviendra l'Est. Les communistes sont une denrée rare et
Où donc le communisme existe-t-il déjà ?
Garde ton art pour ceux qui viendront après nous
Mets tes liasses de papier en sécurité et
Protège tes 70 kilos des attaques de ceux
Dont le peuple est la propriété. Mon gars —
S'ils ne t'ont pas encore bouclé
C'est que cela leur revient trop cher. Mais qu'adviendra-t-il
Si cela leur coûte trop cher de ne pas te boucler ?

2
Hélas, ceux qui parlent ainsi
N'ont pas besoin de moi

Ils peuvent continuer de vivre
Aussi mal qu'avant
Même sans moi

Ils me traitent plus mal
qu'un morceau de pain sec

Que serait-ce donc qu'un talent
Indispensable au salut du monde,
Mais dont toi, camarade, tu pourrais te passer ?
Quelles œuvres d'art faut-il
Lâcher sur l'humanité
Mais dont toi tu n'aurais pas besoin autant que de pain ?

Je vous le donne par écrit : Si vous

Mich hier nicht
Braucht, was soll da die Welt
Mit mir?
Brauchtet ihr mich aber doch, was
Brauchte da ich die Welt?
Nein! Die Welt braucht mich
                hier
Und die Nachwelt braucht mich
                          jetzt!

3

Gut, sagen erleichtert die bedrängten Freunde:
Das gib uns schriftlich
            — drei Durchschläge
              — vom Gedicht
                 — über die bedrängten Freunde
zur Verbreitung!

Vous n'avez pas besoin
De moi ici, à quoi pourrais-je bien
Servir au monde ?
Mais si vous avez besoin de moi
En quoi aurais-je moi besoin du monde ?
Non ! C'est ici que le monde a besoin de moi
Et c'est maintenant que la postérité a besoin de moi.

3
Bon, disent les amis préoccupés, soulagés,
Donne-nous ça par écrit
               — trois exemplaires
                  — du poème
                     — sur des amis préoccupés
pour diffusion !

SELBSTPORTRAIT FUR RAINER KUNZER

An Bitternis mein Soll hab ich geschluckt
Und ausgeschrien an Trauer was da war
Genug gezittert und zusammgezuckt
Das Kleid zerrissen und gerauft das Haar

Mein Freund, wir wolln nicht länger nur
Wie magenkranke Götter keuchen ohne Lust
Von Pferdekur zu Pferdekur
Mit ewig aufgerissener Heldenbrust

Du, wir gehören doch nicht zu denen
Und lassen uns an uns für dumm verkaufen
Es sind ja nicht des Volkes Tränen
In denen seine Herrn ersaufen

Wir wolln den Streit und haben Streit
Und gute Feinde, viele
Von vorn, von hinten, und zur Seit
Genossen und Gespiele

Es ist schön finster und schön licht
Gut leben und gut sterben
Wir lassen uns die Laune nicht
Und auch kein Leid verderben

AUTOPORTRAIT POUR RAINER KUNZE (45)

J'ai avalé mon tribut d'amertume
Hurlé la tristesse présente
Assez tremblé et sursauté
Lacéré mon vêtement, arraché mes cheveux

Mon ami, cessons maintenant de suffoquer
Sans plaisir, tels des dieux malades de l'estomac
D'un remède de cheval au suivant
Avec, éternellement déchirées, nos poitrines de héros

Tu sais, nous ne sommes pas de ces gens
Qui se prennent eux-même pour des imbéciles
Car ce n'est pas dans les larmes du peuple
Que ses maîtres se noient

La lutte, nous la voulons et nous l'avons
Et de bons ennemis en grand nombre
Par devant, par derrière et à nos côtés
Des camarades et compagnons de jeux.

Il fait bien sombre et bien clair
Bien vivre et bien mourir
Et n'acceptons de nous laisser gâter
Ni notre bonne humeur ni nos souffrances

SO SOLL ES SEIN — SO WIRD ES SEIN
* p. 278

1
So oder so, die Erde wird rot
Entweder leben-rot oder tod-rot

Wir mischen uns da bißchen ein
— so soll es sein
  so soll es sein
    so wird es sein

2
Und Frieden ist nicht mehr nur ein Wort
Aus Lügnerschnauzen für : Massenmord
Kein Volk muß mehr nach Frieden schrein
— so soll es sein...

3
Die deutsche Einheit — wir dulden nicht
Daß nur das schwarze Pack davon spricht !
Wir wolln die Einheit : die, wir meinen...
— so soll es sein...

4
Einheit der Linken in Ost und West !
(dann wird abstinken die braune Pest)
So reißen wir die Mauer ein
— so soll es sein...

5
Die BRD braucht eine KP
Wie ich sie wachsen und reifen seh
Unter Italiens Sonnenschein
— so soll es sein...

AINSI SOIT-IL ET ÇA IRA

1
Comme ci ou bien comme ça la terre rouge sera
Ou bien rouge-vie ou bien rouge-mort

Nous y mettrons not' nez
— ainsi soit-il
  ainsi soit-il
    et ça ira

2
La paix ne s'ra plus simple parole
De menteurs pour masquer l'abattoir
Le peuple n'aura plus besoin de hurler à la paix
— ainsi soit-il...

3
Nous refusons que la canaille réac'
Soit seule à parler de l'unité allemande
L'unité nous la voulons mais la nôtre
— ainsi soit-il...

4
L'union des gauches à l'est, à l'ouest !
(et s'éteindra la brune peste)
Et nous mettrons le mur à bas
— ainsi soit-il...

5
La RFA a bien besoin
D'un PC fort comme je le vois
Grandir, mûrir en Italie
— ainsi soit-il...

In der DDR wurde jetzt, spät, aber nicht *zu* spät, Rosa Luxemburgs politisches Testament veröffentlicht. Im vierten Band ihrer gesammelten Werke die Schrift: » Die russische Revolution «. Niemand hat jemals leidenschaftlicher die Oktoberrevolution gefeiert und historisch gewürdigt — und niemand auch hat leidenschaftlicher davor gewarnt, si zum Modell zu machen für alle folgenden proletarischen Revolutionen. Rosa Luxemburg schrieb damals: » Ohne allgemeine Wahlen, ungehemmte Presse und Versammlungsfreiheit, freien Meinungskampf erstirbt das Leben in jeder öffentlichen Institution, wird zum Scheinleben, in der die Bürokratie allein das tätige Element bleibt. Das öffentliche Leben schläft allmählich ein, einige Dutzend Parteiführer von unerschöpflicher Energie und grenzenlosem Idealismus dirigieren und regieren, unter ihnen leitet in Wirklichkeit ein Dutzend hervorragender Köpfe, und eine Elite der Arbeiterschaft wird von Zeit zu Zeit zu Versammlungen aufgeboten, um den Reden der Führer Beifall zu klatschen, vorgelegten Resolutionen einstimmig zuzustimmen, im Grunde also eine Cliquenwirtschaft — eine Diktatur allerdings, aber nicht die Diktatur des Proletariats, sondern die Diktatur einer Handvoll Politiker, d. h. Diktatur im bürgerlichen Sinne! «

6
Die DDR braucht endlich — und wie! —
Rosas rote Demokratie!
Stimmt ihr mir zu? — dann stimmt mit ein:
— so soll es sein...

7
Trotz aller Meinungsverschiedenheit
Sind wir zur breiten Volksfront bereit
Schluß mit den blöden Sektiererein!
— so soll es sein...

8
Kein Kommunist wird länger bedroht
Mit Maulkorb oder Berufsverbot

En RDA, on vient de publier, — mieux vaut tard que jamais — le testament politique de Rosa Luxemburg. Dans le tome IV des œuvres complètes on trouve le texte : « La révolution russe. » Personne autant qu'elle n'a célébré et apprécié la valeur historique de la Révolution d'Octobre. Personne non plus n'a, plus passionnément qu'elle, mis en garde contre le fait de considérer cette révolution comme un modèle pour toutes les révolutions prolétariennes ultérieures. Rosa Luxemburg a écrit « Sans élections générales, sans liberté totale de presse, de réunion, sans lutte idéologique libre, la vie s'éteint dans toute institution publique : il n'y a plus alors qu'une pseudo-vie ou la bureaucratie reste l'élément actif. La vie publique du pays peu à peu s'endort, quelques douzaines de dirigeants du parti, doués d'une énergie inépuisable et mûs par un idéalisme sans bornes dirigent et gouvernent. Parmi eux, c'est en fait une douzaine de têtes de premier plan qui commande et l'élite de la classe ouvrière est appelée de temps à autre à assister à des réunions pour applaudir aux discours des dirigeants et pour voter les motions à l'unanimité — au fond, c'est un régime de clique — une dictature, certes, mais pas celle du prolétariat, c'est la dictature d'une poignée de politiciens, c'est-à-dire, une dictature au sens bourgeois du terme ! »

6
Il faut enfin à la RDA
La rouge démocratie de Rosa !
D'accord ? — alors chantez
— ainsi soit-il...

7
Malgré nos désaccords
Nous sommes prêts pour un front populaire
Et mettons fin à l'erreur sectaire !
— ainsi soit-il...

8
Qu'on fiche la paix aux communistes
Plus d' muselière, plus d'interdits !

Keine Gesinnungsschnüffelein!
— so soll es sein...

9
Kein Spitzel findet da Arbeit mehr
Das gibt ein Arbeitslosenheer!
Mensch, ist das schön zu prophezei'n:
— so soll es sein...

10
Dem Bourgeois auf die Finger schaun
— das genügt nicht! Auf die Pfoten haun
Wolln wir das fette Bürgerschwein
— so soll es sein...

Mein Freund Robert Havemann sagte mal witzig und trotzdem richtig: Wir werden den Wettlauf mit dem Kapitalismus in dem Moment haushoch gewinnen, wenn wir aufhören, in derselben Richtung zu laufen.

11
Ja, Wohlstand wollen wir gern, anstatt
Daß uns am Ende der Wohlstand hat!
Der Mensch lebt nicht von Brot allein
— so soll es sein...

12
Keiner wird arbeitslos! Und noch das:
Jeder hat an seiner Arbeit Spaß!
Keiner hängt 'rum mit Stempelschein
— so soll es sein...

13
Freiheit!! Freiheit?
Freiheit von Freiheitsdemagogie!
Nehmt euch die Freiheit, sonst kommt sie nie!

Et mettons fin à tout flicage
— ainsi soit-il...

9
Plus de boulot pour les espions
Quelle armée de chômeurs !
Diable, la belle prophétie de bonheur !
— ainsi soit-il...

10
Surveiller l' bourgeois
— ça ne suffit plus ! faut taper dessus
Sur ce gros porc
— ainsi soit-il...

Mon ami Robert Havemann m'a dit un jour avec malice et justesse :
Nous gagnerons et de loin, la course de vitesse avec le capitalisme
dès que nous cesserons de courir dans la même direction.

11
Et le confort nous l'acceptons sans honte
Au lieu d'être « eus » par lui au bout du compte
L'homme ne vit pas que de pain
— ainsi soit-il...

12
Et plus d' chômeurs et en un mot
Chacun s' plaira à son boulot !
Plus besoin d'émarger
— ainsi soit-il...

13
La liberté ! ! la liberté ?
Libérons-nous de la liberté démagogique
Prenez la liberté, sans ça jamais vous ne l'aurez !

(auch Liberale werden wir befrein!)
— so soll es sein...

14
Kein Liebespaar wird uns mehr geschaßt
Zu lebenslänglichem Eheknast!
Die Untertanen-Fabrik geht ein!
— so soll es sein...

15
Sie selbst — na endlich! — die Revolution
Sie re-vo-lu-tio-niert sich schon!
Sie wirft auf sich den ersten Stein
— so soll es sein...

16
So — oder So, die Erde wird rot
    als ich diese Zeilen schrieb, dachte ich an den Satz von Karl Marx, der sagte, daß die Menschheit entweder den Weg in eine kommunistische Gesellschaft findet, oder in die Barbarei fallen wird. So — oder so! und nicht etwa, wie ich dieses Lied manchmal singen hörte, als hieße es: sowieso wird die Erde rot... denkt an das gute Wort von Brecht, der sagte: die Morgenröte einer neuen besseren Zeit kommt aber nicht so, wie das Morgenrot kommt — nach durchschlafener Nacht!

So — oder so: die Erde wird rot
Entweder lebenrot — oder todrot!
Wir mischen uns da bißchen ein
— so soll es sein...
   so soll es sein
      so wird es sein

(libérons même les libéraux !)
— ainsi soit-il...

14

Les amoureux ne seront plus coincés
Dans la prison conjugale à vie
La fabrique à esclaves fera faillite !
— ainsi soit-il...

15

La Révolution elle-même enfin
Se révolutionne
En se jetant la première pierre
— ainsi soit-il...

16

Comme ci — ou bien comme ça, la terre sera rouge...
  quand j'ai écrit ces lignes, je pensais à la phrase de Karl Marx
  qui disait que l'humanité, ou bien trouvera la voie de la
  société communiste, ou bien tombera dans la barbarie. De cette
  façon-ci ou bien de celle-là et non pas comme je l'ai entendu
  chanter parfois : « de toutes façons, la terre sera rouge »...
  Rappelez-vous la juste formule de Brecht qui disait : l'aube
  d'une ère nouvelle arrive, mais pas au bout d'une nuit de
  sommeil, à la façon du lever du jour !

Comme-ci ou bien comme-ça, la terre rouge sera
Ou rouge-vie ou rouge-mort
Nous y mettrons not' nez
— ainsi soit-il...
  ainsi soit-il
    et ça ira

JULIJ DANIEL

Vorspruch

Das sind die Gedichte
Von Julij Daniel, UdSSR
Das sind Berichte
Aus der Löwengrube, Daniel:
Kurze Zeit lang und redlich unreell
Hatte der Mann sich ein räudiges Hundefell
Uber die viel zu dünne Haut gezurrt
Und mit den Löwen listig mitgeknurrt
Aber die Bestien, das wurde auch Zeit!
Haben endlich den Braten gerochen
Dem Heimlichen sind sie heimlich nachgekrochen
Schlagartig zugeschnappt
Gierig runtergeschluckt
Und haben den Kerl schön schlecht verdaut
Er lag ihnen schwer auf dem Magen
Und haben nach knapp zweitausend schlimmen
   Tagen
Einen Dichter ausgespuckt

Daniel erbricht hier in den Reime-Eimer
Seine sehr gemischte Seele: Kotz
Aus Trotz und Russenschwermut. Poesie
Aus Sowjet-Power mit Judentrauer. Lied
Gemacht aus Lagerflüchen. Sprachgerüche
Aus feudalem Zarenschimmel
Und nun reißt er sich die Brust auf:

Hilf mir GOtt hoch in der Hölle
      bei den Menschen tief im Himmel!

Den Parteiauftrag gab ich mir

JOULI DANIEL (46)

Prologue

Voici les poèmes de Jouli Daniel
Urss
Compte-rendus
De la fosse aux lions, Daniel :
Pour une brève et longue durée, honnêtement véreux
Cet homme a revêtu la peau d'un chien galeux
Pour couvrir sa peau trop délicate
Rusé, il a hurlé avec les lions,
Mais les bêtes féroces — il était grand temps —
Ont en reniflant découvert le rôti
Ils ont suivi à la trace, en cachette, celui qui se cachait
Et d'un seul coup, ils l'ont attrapé
Dévoré, avalé
Et bien mal digéré
Ils en avaient mal au ventre
Et deux mille mauvais jours plus tard
C'est un poète
Qu'ils ont recraché

Et Daniel, dans le cuveau des rimes
A vomi son âme mitigée : Dégueulis
De bravade et de mélancolie slave. Poésie, mélange
De pouvoir soviétique et de deuil judaïque. Chant
Fait de jurons des camps. Relents d'une langue
Aux moisissures tsaristes et féodales
Et le voilà qui à vif nous ouvre son cœur

Secours-moi, mon Dieu dans les cimes de l'enfer
        dans l'abîme du ciel chez les hommes !

Cette tâche de parti, je me la suis donnée

Konspirativ und unverzüglich
(dabei außerdem vergnüglich!)
Biermann, zieh das Netz an Land!

Daniel, Genosse in der wohlvertrauten Fremde!
Julij, Freundchen, alter Gauner!
Und das soll dich nicht erschrecken:
Selber Gauner, nahm ich alles
Was mir paßte wie's mir paßte:
Deine Jacke, Socken, Hosen
Meine Blößen zu entdecken.

Sans tarder, en conjuré
(et je m'en suis même délecté)
Biermann, tire le filet vers la terre ferme !

Daniel ! Camarade, en ce pays connu, étranger,
Jouli, petit ami, vieux coquin !
Que cela ne t'effraie pas
Coquin moi-même, j'ai pris tout
Ce qui me convenait comme ça me convenait
Ta veste, tes chaussettes, ton pantalon
Pour mettre à nu mes faiblesses

COMMANDANTE CHE GUEVARA

1) Sie fürchten dich und wir lieben
   Dich vorn im Kampf, wo der Tod lacht
   Wo das Volk Schluss mit der Not macht
   — Nun bist du weg — und doch geblieben:

Refrain:
   Uns bleibt, was gut war und klar war:
   Das man bei dir immer durchsah
   Und Liebe, Haß, doch nie Furcht sah,
   Commandante Che Guevara

2) Und bist kein Bonze geworden
   Kein hohes Tier, das nach Geld schielt
   Und vom Schreibtisch aus den Held spielt
   In feiner Kluft mit alten Orden

Refrain : Uns bleibt,...

3) Ja, grad die Armen der Erde
   Die brauchen mehr als zu fressen
   Und das hast du nie vergessen:
   Daß aus den Menschen Menschen werden

Refrain : Uns bleibt,...

4) Der rote Stern an der Jacke
   Im schwarzen Bart die Zigarre
   Jesus Christus mit der Knarre
   — So führt dein Bild uns zur Attacke

Refrain : Uns bleibt,...

Für Jean-Pierre und die Weltjugendfestspieke ! Juli 1973

LE CHE (47)

Ils te craignent et nous t'aimons
Le premier au combat, là où ricane la mort
Là où le peuple met un terme à sa misère
— Tu es parti mais pourtant tu es là.

Refrain :
  Il nous reste tout le bien, toute la lumière
  La transparence qui fut la tienne
  Disant l'amour, la haine, jamais la peur
  Commandante Che Guevara.

Tu n'es pas devenu un bonze
Une grosse légume qui louche vers le fric
Et joue au héros derrière son bureau
Uniforme fringant et vieilles médailles

Refrain...
  Car justement les pauvres de la terre
  Ont besoin de bien plus que de bouffer
  Et toi, jamais tu n'as oublié
  Que les hommes doivent devenir des hommes

Refrain...
  L'étoile rouge à ta vareuse
  Dans ta barbe noire, le cigare,
  Jésus-Christ au flingue
  Ton image nous mène à l'attaque.

Refrain...

BALLADE VOM KAMERAMANN

Genossen, nun sagt was! Erinnert sich keiner?

Mensch, wenigstens einer, es muß hier doch einer
Den Namen noch wissen und wo und wann
Er starb, in Chile, der Kameramann
In Santiago, im blutigen Jahr
Da fielen zu viele, zu viele!
Und das ist Chile in einem Wort
Ein Mann filmt seinen Mörder beim Mord

Ach Macht kommt aus den Fäusten
Und nicht aus dem guten Gesicht
Aus Mündungen kommt die Macht ja
Und kommt aus den Mündern nicht
Genossen, das ist klar
Das ist und bleibt auch wahr
Das ist die bittere Wahrheit
der Unidad Popular

    Das ist uns ein lehrreicher Film geworden
    Ich sah das Geschäft der Soldaten, das Morden
    Ich sah solche Bilder, die jeder kennt
    Das Volk rennt über das Pflaster ums Leben
    Und wie die Gewehre die Straßen fegen
    Und wie sich die Frauen auf die Toten schmeißen
    Du siehst bei der Arbeit mit der M.P.
    Besonders dies Vieh, dieser Bulle mit Stahlhelm
    Wie der an der Kiefer die Knarre preßt
    Und wie er sich Zeit läßt beim Zielen,
    Der Kameramann zielt genau auf den Mann
    Der Mann legt genau auf die Kamera an
    Dann wackelt das Bild, der Film reißt ab
    Das ist es, was ich gesehen hab'

BALLADE DU CAMERAMAN (48)

Camarades, eh bien, dites quelques chose ! Personne ne se souvient-il
[donc ?
Bon Dieu, il y en a bien au moins un parmi vous
Qui connaisse ce nom-là et qui sache où et quand
Il est mort, au Chili, le caméraman.
C'était à Santiago, l'année sanglante,
Où beaucoup trop de gens sont morts, beaucoup trop
En un mot, c'est ça le Chili :
Un homme filme son meurtrier en action.

Refrain :
Hélas, c'est des poings que jaillit le pouvoir
Et non de la bonne mine
C'est de la gueule des fusils que le pouvoir jaillit
Et non de la bouche des hommes
Camarades, c'est clair,
C'est vrai et ça le reste
C'est l'amère vérité de l'Unitad Popular

Un film plein d'enseignements :
J'y ai vu la besogne des soldats : le meurtre.
J'y ai vu les images maintenant familières
Le peuple court sur les pavés pour sauver sa vie
Les fusils balaient les rues
Les femmes se jettent sur les morts
Tu vois à l'ouvrage, mitraillette à la main
Cette crapule au casque d'acier, ce bovin
Serrant son flingue contre sa mâchoire.
Et qui prend le temps de viser
Le caméraman vise droit sur l'homme
L'homme met en joue la caméra
Puis l'image vacille et le film s'arrête
Voilà ce que j'ai vu.

Ach Macht kommt aus den Fäusten
Und nicht aus dem guten Gesicht
Aus Mündungen kommt die Macht ja!
Und kommt aus den Mündern nicht
Genossen, das ist klar
Das ist und bleibt auch wahr
Das ist die kostbare Wahrheit der Unidad Popular

Die Kugel kam aus der Knarre
Die kam aus der Kamera nicht
Und unser Kampf geht da weiter
Wo dieser Film abbricht
Mit Knarre und Gitarre
Genosse, das ist klar
Das ist die ganze Wahrheit
Der Unidad Popular!

Refrain :
Hélas, c'est des poings que jaillit le pouvoir
Et non de la bonne mine
C'est de la gueule des fusils que le pouvoir jaillit
Et non de la bouche des hommes
Camarades, c'est clair,
C'est vrai et ça le reste
C'est la précieuse vérité de l'Unitad Popular

La balle est sortie du flingue
Et non de la caméra
Et notre lutte continue là
Où le film s'arrête
Avec flingue et guitare
Camarade, c'est clair
Voilà la vérité entière
De l'Unitad Popular.

DAS FRANCO-LIED

1
Du, wenn ich daran denke
Das macht mir kalt, das macht mir heiß
Du, wenn ich daran denke
Daß dieser wütige Henkergreis
Nach vierzig blutigen Jahren leis
Hinüberschläft und macht sich davon
Und kommt drumrum um die Hauptlektion
Die fällig ist: die Revolution
— dann muß ich schrein
    nein! nein! nein! nein!
        das darf nicht sein!

2
Und würd es Götter geben
Das wär nicht schlecht, mein Sohn
Ich bäte um Francos Leben
Daß dieser klapprige Henker-Clown
Ihn selber noch kriegt: den gerechten Lohn
Für all unser Blut. Ja, das soll er noch sehn
Wie sich die Gewehrläufe auf ihn drehn
Und auf seine Brut. Ja, so wird das gehn
— dann sing ich: Gut!
    ja! ja! ja! ja!
        und das wird wahr!

3
Du, wenn ich daran denke
Das macht mir Haß, das macht mir Schmerz
Du, wenn ich daran denke
Daß dieses blutige Würger-Aas
Dem Julian so die Halsweite maß
Ach! mit der Garotte! und immer noch mißt

LE CHANT DE FRANCO (50)

1
Dis donc quand j'y pense
Ça m' fait froid et chaud à la fois
Dis donc, quand je pense
Que ce vieillard bourreau sauvage
Après quarante années de carnage
Passe sans bruit dans l'autre monde et se tire
En échappant à la grande leçon
Qu'il mérite : La Révolution
— alors il faut que je crie
    non, non, non, non !
        C'est pas possible !

2
Et s'il y avait des Dieux
Mon fils, ça serait pas mal
Je demanderais vie sauve pour Franco
Pour que ce clown bourreau désarticulé
Reçoive en personne le salaire mérité
Pour tout notre sang versé. Et qu'il voit encore ça :
Les canons des fusils se tourner vers lui
Et son engeance. Oui, ça se passera comme ça
  — et moi, je chanterai : Ça va !
      oui, oui, oui, oui !
         ça sera ainsi !

3
Dis donc, quand j'y pense
Ça me remplit de haine et de douleur
Quand je pense
Que cette charogne sanglante d'étrangleur
A mesuré le tour de cou de Julian (51)
Hélas, avec le garrot ! et continue de mesurer

Nach Mördermaß jeden Anarchist
Egal, ob Christ oder Kommunist
— dann muß ich schrein
    nein! nein! nein! nein!
        das darf nicht sein!

4
Ihr! wenn ich euch hier sehe
Das macht mir Spaß, das macht mir Mut
Ich brauch ja solche Nähe
Sonst geht in mir das Maß kaputt
Für rechts und links, für schlecht und gut.
Was nützt mir die Losung SOLIDARITAT!
Wenn jeder Verein mit ihr stiften geht
Und andern Genossen den Hals umdreht
— da muß ich schrein
    nein! nein! nein! nein!
Ja! ja! ja! ja!
    wir gehn zusamm'!
        und das wird wahr

Tout anarchiste de son mètre meurtrier
Qu'il soit chrétien ou communiste
— alors il faut que je crie
    non, non, non, non !
        c'est pas possible !

4
Holà, vous autres, quand je vous vois
Ça me fait plaisir, ça me donne du courage
J'ai besoin d'être près de vous
Ou je perds toute mesure
La droite, la gauche ; le mal, le bien
A quoi me sert le slogan SOLIDARITE
Si chaque groupe se tire avec
Et tord le cou aux autres camarades
— alors il faut que je crie
    non, non, non ,non !
oui, oui, oui, oui !
    marchons ensemble
        et ça ira !

ES GIBT EIN LEBEN VOR DEM TOD

Jesus, der große Schmerzensmann
Am Kreuz, im Glanz der Wunden
Er hatte seine Schau im Tod
Und alle Welt sah sein Not
Und als die Leut drei Tag danach
Sein leeres Grab gefunden
Und keinen Leichnam fanden
Da warn sie froh. Da wußten sie:
Der Mensch ist auferstanden
— es gibt ein Leben nach dem Tod!

Exekution! da! seht den Communard
Wie der vor den Gewehren stand
Hat ihn Picasso mir gemalt:
Die Hosen runter, an der Wand
Der dicke rote Kerl steht da
Und weint und lacht sich eins dabei
Wie er sein' Arsch dem Tod hindreht!
Ich habs, auf Weiß gemalt mit Rot
Des Malers Bild beweißt es ja:
— es gibt ein Leben nach dem Tod

Der kleine Biermann denkt bei sich:
Ja! ja, das stimmt in meinem Sinn
Die Auferstehung gibts! weil ich
Ja dafür selber Beispiel bin:
Mein toter Vater lebt! sogar
Die Narrn, die Don Quichoten!
Im Freiheitskrieg der Menschheit gibt
Es keine toten Toten.
Das ist so wahr wie trocken Brot:
— es gibt ein Leben nach dem Tod

IL Y A UNE VIE AVANT LA MORT (52)

Jésus l'homme des grandes douleurs
Sur la croix, rayonnant de blessures
Donna spectacle de sa mort
Et l'univers vit sa détresse
Et quand au troisième jour les gens
Trouvèrent son tombeau béant
Sans trouver de cadavre
Ils furent contents. Ils surent alors
L'homme est ressuscité
— Il y a une vie après la mort !

Exécution ! Regardez-moi ce communard
Debout devant les fusils
Picasso me l'a peint ainsi
Le pantalon baissé, face au mur
Le gros gaillard rouge est là, debout
Et pleure et rit un coup
A l'idée d' montrer son cul à la mort
Je l'ai là, en rouge sur fond blanc
Et ce tableau le prouve en clair
— Il y a une vie après la mort !

Le petit Biermann pense à part soi
Oui, oui c'est vrai et je le crois
La résurrection ça existe ! J'en suis
Moi-même un exemple vivant
Mon père mort, vit encore ! et même
Les bouffons, les Don Quichotte
Dans la guerre de l'humaine libération
Il n'y a pas de morts morts
C'est vrai comme du pain sec
— Il y a une vie après la mort !

ANMERKUNG

Ach, daß es danach noch was Schönes gibt
Ist tröstlich in unserer Lage.
Wie gut! und doch, da bleibt uns noch
Die kleine — die große — die Frage
(das wüßten wir gern noch daneben!)
Ob's sowas gibt — wir hättens gern:
— auch vor unserm Tode ein Leben

ANNOTATION:

Ah ! qu'il y ait après quelque chose d'aussi bon
Voilà qui nous console au point où nous en sommes
C'est bien bon, mais n'empêche, il reste encore
La petite, — la grande — question
(on aimerait bien savoir ça en plus !)
Si ça existe, on aimerait bien aussi
Avant notre mort avoir une vie

WIR SASSEN AM FEUER IM DUNKELN

Und sangen das Spanienlied
Die Alten kamen ins Schunkeln
Die Jungen kamen ins Schwärmen
Sie fanden den Abend so nett.

Du aber nicht. Ich sah dein Gesicht
Uns drehte sich das alte Lied
Wie ein rostiges Bajonett
In den Gedärmen.

ASSIS PRES DU FEU DANS LA NUIT (49)

Nous chantions la chanson d'Espagne
Les vieux se mirent à se balancer
Et les jeunes à rêver
Ils trouvaient la soirée chouette

Mais pas toi. Je regardais ton visage
La vieille chanson nous fouillait les tripes
Comme une baïonnette
rouillée.

TRANSPOSITIONS

DU FRANÇAIS

PAR WOLF BIERMANN

LE ROI RENAUD

Le roi Renaud de guerre revient
Portant ses tripes dans ses mains...
Sa mère est à la tour en haut
Qui voit venir son fils Renaud

Renaud, Renaud, réjouis-toi
ta femme est accouchée d'un roi
Ni de ma femme ni de mon fils
mon cœur ne peut se réjouir

Je sens la mort qui me poursuit,
Mère faites dresser un lit,
Mais faites le dresser si bas
Que ma femme n'entende pas.

Guère de temps n'y dormirai
A minuit je trépasserai.
Et quand ce fut vers la minuit,
Le roi Renaud rendit l'esprit.
Il ne fut pas soleil levé
Que les valets l'on enterré.

Sa femme en entendant le bruit
Se mit à gémir dans son lit
Ah dites-moi, ma mère, ma mie,
Ce que j'entends cogner ici ?

Ma fille c'est le charpentier
Qui raccommode l'escalier.
Ah dites-moi, ma mère, ma mie,
Ce que j'entends chanter ici ?

Ma fille c'est la procession

KONIG RENAUD

König Renaud, vom Krieg zurück kommt er
Trägt sein Gedärme vor sich her.
Vom Schloß herab sieht sie ihn so,
Die Mutter, ihren Sohn Renaud.

Renaud, Renaud, freu' dich mein Held
Dein Weib bringt grad ein' König dir zur Welt!
Mutter, die Freude kommt so spät,
Weil es mit mir zum Tode geht.

Macht mir ein Bett weit ab in einer Eck
Genügend weit vom Kindbett weg!
Daß mich beim Sterben keiner stört
Und auch mein Weib davon nicht hört

Ich will mit Schlafen keine Zeit vertun
Bis Mitternacht laßt mich nur ruhn!
Und endlich kam das Morgenrot
Da lag Renaud schon lange tot.

Die Knecht gruben ihm vor Tag ein Grab
Und bauten ihm aus Holz ein' Sarg.
Sein Weib, es hörte draußen Krach
Und saß im Bett und seufzte: Ach!

Ach, meine gute Mutter, sagt mir bloß
Was wird da unten groß gebaut?
Mein Kind, der Zimmrer mit dem Beil
Der macht so laut den Brunnen heil.

Ach Mutter, sagt, das macht mein Herz bang

Qui fait le tour de la maison
Ah dites moi, ma mère, ma mie,
Ce que j'entends pleurer ici?

Ma fille c'est la femme du berger
Qui a perdu son nouveau-né
Ah dites-moi, ma mère, ma mie,
Ce qui vous fait pleurer aussi?
Ma fille ne puis le cacher,
Renaud est mort et enterré.

Ma mère, dites au fossoyeu
Qu'il creuse la fosse pour deux
Et que le trou soit assez grand
Pour qu'on y mette aussi l'enfant.

Terre fends-toi ! terre ouvre-toi !
Que j'aille rejoindre Renaud mon roi !
Terre fendit, terre s'ouvrit
Quand la belle rendit l'esprit.

Was geht da unten für Gesang?
Sei ruhig, mein Kind, was ist das schon?
Um's Haus geht eine Prozession.

Ach gute Mutter, sagt mir das genau:
Was weint da ohne Unterlaß?
Mein Kind, es ist des Schäfers Frau,
Sie hat ihr Neugeborn verlorn.

Ach gute Mutter, sagt mir, was ist das?
Ihr seid ja selber tränennaß.
Ja, weil ich's dir verborgen hab:
Renaud, dein König, liegt im Grab.

Ach Mutter, sagt den Totengräbern bloß
Noch schnell, ich will es doppelt groß
Das Grab sei breit genug für zwei
Und für mein Kindlein gleich dabei.

König Renaud vom Krieg zurück kam er.
Trug sein Gedärme vor sich her.
Vom Schloß herab sah sie ihn so,
die Mutter ihren Sohn Renaud.

TROIS JEUNES TAMBOURS (53)

1. Trois jeunes tambours
   s'en revenaient de guerre (bis)
   Et ri et ran rapataplan
   s'en revenaient de guerre.
2. Le plus jeune a dans sa bouche une rose :
3. La fille du roi était à sa fenêtre
4. Joli tambour donnez-moi votre rose
5. Fille du roi, donnez-moi votre cœur (e)
6. Joli tambour d'mandez-le à mon père
7. Sire le roi, donnez-moi votre fille
8. Joli tambour, tu n'es pas assez riche
9. J'ai trois vaisseaux dessus la mer jolie
10. L'un chargé d'or, l'autre de pierrerie
11. Et le troisième pour promener ma mie
12. Joli tambour, tu auras donc ma fille
13. Sire le roi, je vous en remercie
14. Dans mon pays y en a de plus jolie.

DREI JUNGE TROMMLER

1. Drei junge Trommler kamen aus dem Kriege (bis)
— drauf und dran! der Mann, der Mann!
 Die kamen aus dem Kriege
2. Der jüngste hielt'ne Rose in den Lippen...
3. Des Königs Tochter hing da aus dem Fenster...
4. « Hübscher Tambour, du schenk mir deine Rose ! »
5. « Schön's Königs-Kind, schenk mir dafür dein Herzchen ! »
6. « Hübscher Tambour, frag erst mal meinen Vater ! »
7. « Herr König, gebt mir Eure schicke Tochter. »
8. « Trommler, du bist zu arm für meine Tochter. »
9. « Ich hab' drei Schiffe fahren auf dem Meere.
10. Eins ist voll Gold, das andre is voll Silber,
11. Und mit dem dritten fahrn wir schön spazieren. »
12. « Gut, Trommler, gut, dann kriegst du meine Tochter
— dann kriegt er meine Tochter. »
13. « Danke, Herr König, danke, dreimal danke !
14. Aber bei uns zu Haus da gibt's viel schönre Mädchen. »

DOCUMENTS

I. Lettre de Louis Aragon à J.-P. H. en réponse à une demande d'intervention pour W. Biermann. Mars 1966

II. Un fait divers. Mai 1966

III. Lettre de W. Biermann au Comité français W.B. Nov. 1976

IV. Déclaration de Vercors. Nov. 1976

Mars 1966

    Cher Jean-Pierre Hammer,

J'ai reçu avec tristesse votre lettre. Tristesse de l'impuissance. Je connais les faits que vous me rapportez. Ils ne m'inquiètent pas moins que vous. Mais je sais que je ne peux rien cette fois. D'autres fois... ce qui a rendu plusieurs de mes interventions efficaces, c'était qu'elles empruntaient la voie directe, sans tapage extérieur (souvent les gens bien intentionnés vous le savez ont aggravé le cas des gens qu'ils voulaient aider par des déclarations publiques). Mais hélas il y a un parallèlisme assez inquiétant dans ce qui se fait dans plusieurs pays. Je sais qu'on ne m'écoutera plus et je n'ai pas le goût du beau geste, des coups d'épée dans l'eau. J'essayerai de trouver le chemin de quelque oreille... et ne vous cache pas que je n'en attends rien. La lecture des journaux ces derniers jours est dans ce domaine consternante. Même s'il s'agit d'écrivains qui ne m'intéressent pas. La question n'est pas du talent.

Ce n'est certes pas un mot comme celui-ci que vous attendiez de moi. Et je n'aime pas décevoir. Mais non plus être déçu. Or je n'ai pas le choix.

                                            Sympathiquement à vous
                                                      Aragon

Mai 66. Wolf Biermann* invité en Pologne, demande un visa pour s'y rendre. Le 3 juin, il est convoqué par la police. L'Oberleutnant Klein, inspecteur principal de l'arrondissement Berlin-centre lui annonce :

— Votre demande de visa de sortie est refusée.
— Pour quelle raison ?
— Vous n'êtes pas digne de représenter la R.D.A. dans les démocraties populaires.
— Je proteste contre cette mesure contraire à la constitution de mon pays.
— Mon cher, pour ce qui est de la constitution, faites-nous confiance ! — lui répond l'officier de police.

---

* Cf. L'étude détaillée du n° 2 de la revue d'Allemagnes d'Aujourd'hui.

Message au Comité W. Biermann
Novembre 1976

> Du fait que je persiste à croire que
> l'avenir de l'espèce humaine est lié
> à l'avenir du socialisme, tant que les
> pays qui s'en réclament empêcheront les
> écrivains d'écrire, les chanteurs de chanter,
> je dirai que cette oppression de
> l'esprit est le contraire du Socialisme.
> C'est la raison pour laquelle je soutiens, entre
> autres, la volonté de Wolf Biermann
> de chanter ses chansons dans son propre
> pays.
>
> VERCORS.

Novembre 1976

Chers amis, chers camarades,

Me voici en Italie, j'ai beaucoup chanté, beaucoup discuté avec les ouvriers de Florence. J'ai eu de bons entretiens à Rome avec les camarades du P.C.I. Et je suis entouré de solidarité et très heureux que vous ayez fondé ce Comité à Paris. Je pense que vous êtes bien informés et que vous savez que ce sont mes camarades de R.D.A. qui, emprisonnés, pourchassés et malmenés, ont le plus besoin de votre solidarité. On les humilie et on veut les forcer à prendre leurs distances par rapport à moi.

Tout ce qui s'est passé ces dernières semaines en liaison avec « mon cas », montre que l'opposition communiste en R.D.A. s'est renforcée. La folie meurtrière, la peur panique de mes super-camarades de Berlin ont été déclenchées par mes quelques chansons, mais vous en connaissez les raisons profondes et elles sont réjouissantes. Et, au meilleur sens du terme, vous êtes co-responsables du fait que les exigences d'une démocratie socialiste, que l'espoir d'un socialisme sans muselière aient grandi en R.D.A.

Je serai sûrement bientôt en France. Ensemble nous tiendrons conseil nous mangerons ensemble et nous chanterons ensemble le chant de la Commune : « Le temps des cerises ».

Wolf Biermann.

November 1976

Liebe Freunde, liebe Genossen,

Ich bin jetzt in Italien. Ich habe viel gesungen und diskutiert mit den Arbeitern in Florenz und ich hatte gute Gespräche mit den Genossen der P.C.I. in Rom. Und ich bin umgürtet von Solidarität und bin sehr froh, daß ihr in Paris dieses Komite gegründet habt. Ich denke, ihr seid gut informiert und wißt selber, daß oure Solidarität am meisten gebraucht wird von meinen Genossen in der D.D.R., die jetzt eingekerkert, gequält und verfolgt werden. Sie werden gedemütigt und dazu gedrängt, sich von mir zu distanzieren.

Alles, was in den letzten Wochen im Zusammenhang mit meinem sogenannten Fall passiert ist, zeigt, daß die kommunistische Opposition in der D.D.R. stärker geworden ist. Der panische Amoklauf meiner übergenossen in Berlin wurde ausgelöst durch meine paar Lieder aber die tieferen Ursachen kennt Ihr und die sind erfreulich. Und Ihr seid in besten Sinne mitschuldig dran, daß die Forderungen nach sozialistischer Demokratie, daß die Hoffnungen auf einen Sozialismus ohne Maulkorb in der D.D.R. so angewachsen sind.

Ich werde bestimmt sehr bald in Frankreich sein. Wir wollen uns miteinander beraten, wollen zusammen essen und auch das Lied singen aus der Kommune « Le temps des cerises ».

Wolf Biermann.

QUELQUES CHANSONS ECRITES EN R.F.A.

TROTZ ALLEDEM

1
Du gehst auf Arbeit und kriegst Lohn
Und gibst dem Boss trotz alledem.
Dein Arbeitgeber nimmt ja bloss,
Er nimmt dich aus, trotz alledem!
— trotz alledem und alledem!
Und sie reden gross von Partnerschaft,
Doch Boss bleibt Boss er herrscht und rafft
Und saugt uns aus, trotz alledem!

2
Und wer die Arbeit los wird, lebt
Mit Stempelgeld, trotz alledem.
Er legt die Hände in den Schoss
Und denkt: es geht, trotz alledem.
— trotz alledem und alledem!
Und mal raus aus dieser Arbeitshetz!
Dann fällst du ins Soziale Netz
Und gehst kaputt, trotz alledem.

3
Die Nazis kriechen aus dem Loch
Mit Hakenkreuz und alledem.
Die Ratten kommen wieder hoch,
Trotz Grundgesetz und alledem.
— trotz alledem und alledem!
Schlimmer sind die Nazis, die so schön
Die Kurve kriegten hier im Staat,
Als Demokrat, trotz alledem!

4
Die Linken warn in Frankreich jetzt
Zur grossen Wahl, trotz alledem.

ET MALGRE TOUT (57)

1
Tu vas au boulot, tu touches ton salaire
Mais, malgré tout, c'est de toi que le patron profite.
Ton employeur, c'est lui qui touche
Et qui t'exploite, oui malgré tout !
— oui malgré tout et tout et tout !
Ils ne causent que de participation
Mais un patron, c'est un patron ! Il règne et raffle
Et nous suce le sang, oui, malgré tout !

2
Et si tu cesses de bosser, tu vis
De l'argent du chômage, oui malgré tout
Tu te tournes les pouces en pensant
Ça va, oui malgré tout
— oui malgré tout et tout et tout !
Laissons-là les cadences infernales !
Mais te voilà pris dans les mailles du social
Et t'es fichu, oui malgré tout.

3
Les nazis sortent de leur trou
Avec la croix gammée et tout et tout
Les rats refont surface
Malgré la Loi et tout et tout !
— oui, malgré tout et tout
Et pire encore sont les nazis
Qui ont si bien pris leur virage acrobatique
Au sein de l'Etat démocratique, oui malgré tout !

4
La gauche en France était au rendez-vous
Electoral, oui, malgré tout.

Sie stritten sich noch bis zuletzt
Wie Hund und Katz, trotz alledem.
— trotz alledem und alledem!
Und das war den Rechten sehr bequem!
Und doch kommt ein Pariser Mai,
Trotz Wählerei! und alledem.

5

Der Frühling kam in Prag mit Macht,
Trotz Stalins Bart und alledem!
Die Menschen blühten auf, ganz sacht
Trotz Furcht und Hass und alledem.
— trotz alledem und alledem!
Trotz den fünf Invasions-Armeen!
Trotz Brudermord! — Das is der Weg,
Wo's weitergeht, trotz alledem!

6

Und Bahro sitzt im Stasi-Knast,
Trotz West-Protest und alledem.
Er hat den Bonzen eins verpasst,
Der Hieb sass gut! trotz alledem!
— trotz alledem und alledem!
Trotz Einzelhaft und Schreibverbot!
Und schweigt ihr Bahro dreimaltot,
Den brecht ihr nicht, trotz alledem.

7

Wer weiss! die neue Eiszeit kommt
Mit Strauss und Kohl! Und wie vordem
Kommt Kalter Krieg, auch der zerbombt
Ganz Deutschland ja, trotz alledem.
— trotz alledem und alledem!
Wenn wir frieren müssen, werden wir
Wohl zittern (doch vor Kälte bloss!)
Und aufrecht gehn, trotz alledem.

Mais jusqu'à la fin, ils se sont chamaillés,
Comme des chiffonniers, oui, malgré tout
— oui malgré tout et tout et tout !
La droite en a tiré profit, ravie
Un nouveau mai viendra sur Paris
Malgré le cirque électoral, et tout et tout !

5

Puissant, le printemps est descendu sur Prague
Malgré la barbe de Staline et tout et tout !
Les hommes se sont épanouis tout doucement
Malgré la peur, malgré la haine et tout.
— oui, malgré tout et tout et tout !
Malgré les cinq armées d'occupation
Malgré le fratricide ! C'est ce chemin
Qui mène plus loin, oui, malgré tout !

6

Et Bahro est au trou de la Secrète,
Malgré l'occident qui proteste et tout et tout.
Il a touché les bonzes de plein fouet
En plein dans le mille, oui, malgré tout !
— oui, malgré tout et tout et tout !
Malgré défense d'écrire et isolement cellulaire
Le cas de Bahro, vous pouvez bien le taire
Celui-là, malgré tout, vous ne le briserez pas !

7

Qui sait ? viendra peut-être une nouvelle ère glaciaire
Avec Strauß avec Kohl ! et comme avant
La guerre froide couvrira de bombes
L'Allemagne tout entière oui, malgré tout
— oui, malgré tout et tout et tout !
Et s'il nous faut geler, sans doute nous
Tremblerons — (mais de froid seulement !)
Et nous marcherons tout droit, oui, malgré tout.

Mars 1978

ACH STUTTGART, DU NAßE, DU SCHŒNE

Ach Stuttgart, du nasse, du schöne
Du hässliche Regenstadt!
Der Himmel weint sich die Augen aus
über manchem frischen Grab
Es haben sogar die Wolken
Feindselig sich zerteilt
Viel Wolken regnen auf Schleyers Grab
Und eine weint schnell auf das andere
— eh sie enteilt

Und als ich den Morgen alleine
Die steilen Gassen hochstieg
Mein Zeug unterm Arm, da erschrak ich
Ich spürte den stummen Krieg
Er traf mich von der Seite
Und ich merkte ihn im Genick
Aus scharfgekniffenen Augen
Ich spürte den Fahndungsblick

Ach Baader! ach Ensslin! ach Raspe!
Ach Schleyer! ihr habt es geschafft
Ihr habt ja die Kluft so vernebelt
Die zwischen den Klassen klafft
Die Unteren, wie die Oberen!
Begraben der alte Streit
Es macht sich breit eine dumpfe
gefährliche Brüderlichkeit

Kein Wort mehr von Teuerung, Lohnkampf
Vom fehlenden Arbeitsplatz
Statt dessen das fröhliche Jagen
Die Sympatisantenhatz
Und Straßen voll Uniformen!

STUTTGART HELAS, RUISSELANTE ET BELLE

Stuttgart, hélas, ruisselante et belle,
Ville laide de pluie !
Le ciel pleure de tous ses yeux
sur plus d'une tombe fraîche.
Et même les nuées en ennemies
se sont disloquées
Beaucoup de pluie tombe sur la tombe de Schleyer
Mais seul un nuage pleure, hâtif, sur l'autre
— avant de s'éloigner

Et quand ce matin-là je grimpai
par les ruelles raides
mes affaires sur le bras, je pris peur
sentant la guerre muette
qui me touchait de biais,
et je la devinai derrière ma nuque
avec tous ces regards incisifs
et je sentais sur moi les yeux enquêteurs

Hélas Baader ! hélas, Ensslin ! hélas Raspe !
Hélas Schleyer ! vous y êtes arrivés
vous avez embrumé l'abîme
béant entre les classes
celles d'en haut et celles d'en bas !
l'ancienne discorde est enterrée
et voilà que s'étale une sourde
et dangereuse fraternité.

Plus question d'inflation ou de lutte syndicale
plus question de manque d'emploi
mais à la place de ça, la joyeuse curée
la chasse aux sorcières
les rues pleines d'uniformes

Und Blaulicht! und Sichtvermerk!
Es rüstet sich auf zum Riesen
der deutsche Gartenzwerg

Ach Stuttgart, du nasse, du schöne
du hässliche Regenstadt
Der Himmel weint sich die Augen aus
über manchem frischen Grab
Es haben sogar die Wolken
Feindselig sich zerteilt
Viel Wolken regnen auf jenes Grab
und eine weint schnell auf das andere
— eh sie enteilt.

les gyrophares ! — les laisser-passer
et le nain de porcelaine dans le jardin allemand
s'arme d'une panoplie de géant.

Stuttgart hélas, ruisselante et belle,
Ville laide de pluie !
Le ciel pleure de tous ses yeux
sur plus d'une tombe fraîche
Et même les nuées en ennemies
se sont disloquées
Beaucoup de pluie tombe sur cette tombe-là
Mais seul un nuage pleure, hâtif, sur l'autre
— avant de s'éloigner

UBER DAS ZUGRUNDEGEHEN

Genossen, ich glaube, wir gehen nicht zugrund
An den Kämpfen, die uns verzehren
Die meisten von uns gehn gemütlich kaputt
Weil sie klagen, statt sich zu wehren

Wir gehn nicht kaputt an den Schlägen hier
An denen sich manche schon laben
Wir gehn ja kaputt an den Schlägen, die
Wir alle nicht ausgeteilt haben

Und wir lecken die Wunde Berufsverbot
Und die Welt ist ja sooo gemein
Mensch, grad wenn die Zeiten beschissen sind
Dann müssen wirs doch nicht sein

Ja, die Rechten sind schlecht und die Linken sind schwach
Ja und ach und weh und weh und ach
Ja, sing ruhig mit mir das Klagelied
Aber lach auch mit mir und — MACH

5/78

CE QUI NOUS DEMOLIT

Camarades, je le crois, ce qui nous démolit
Ce ne sont pas les luttes dévoreuses
La plupart d'entre-nous se laissent paisiblement abattre
Car ils se lamentent au lieu de se défendre

Ce ne sont pas les coups qui nous abattent ici
Ces coups dont plus d'un se délecte
Les coups qui nous abattent, ce sont les coups
Que nous n'avons pas distribués

Et nous lèchons cette plaie — l'interdiction professionnelle
Eh oui ! le monde est si mal fait
Bougre, c'est justement parce que l'époque est dégueulasse
Que nous n'avons pas, nous, le droit de l'être.

Bien sûr, la droite est mauvaise, la gauche est faible
Bien sûr, hélas, trois fois hélas et encore hélas !
Eh bien chante donc avec moi cette complainte
Mais ris aussi avec moi et — AGIS

Mai 1978

NOTES

(1) Adresse de Wolf Biermann à Berlin R.D.A.
(2) Cf la biographie.
(3) Lettre dont le Spiegel a publié le texte intégral en décembre 1976. De Robert Havemann a paru en France « L'interrogatoire » (Fayard) traduction de « Fragen-Antworten-Fragen » paru chez Piper en 1970. Cet ouvrage autobiogaphique fait le récit d'interrogatoires subis par le savant sous Hitler et sous... Ulbricht.
(4) In Mit Marx und Engelszungen. Nachlass p. 277.
(5) Gand Encouragement p. 79.
(6) Ballade-Bilan de la Trentaine. p. 71.
(7) Légende du Soldat. p. 47.
(8) Petite chanson sur la mort de la mort. p. 51.
(9) Le cimetière des Huguenots. p. 107.
(10) Petite chanson des valeurs sûres. p. 117.
(11) Ballade de Rita. p. 119.
(12) Printemps sur le Mont Klamott. p. 67.
(13) Ballade du Tankiste. p. 53.
(14) Prologue pour Youli Daniel. p. 193.
(15) Der Dra-Dra in Nachlass p. 151 à 268.
(16) Deutschland ein Wintermärchen. in Nachlass. p. 89 à 144.
(17) Berichte aus dem sozialistischen Lager. in Nachlass p. 347 à 383.
(18) Stillepenn Schlufflied. Nachlass I p. 443.
(19) Cf. l'introduction en allemand du Nachlass sous forme de lettre de Biermann à Robert Havemann p. 7 à 200.
(20) Cf. à ce sujet l'ouvrage Exil, recueil de documents concernant l'expatriation forcée de Wolf Biermann. (Kiepenheuer et Witsch 1977).
(21) Section hambourgeoise du P.C. espagnol.
(22) Ainsi soit-il cf p. 185.
(23) Nous renvoyons le lecteur intéressé par cet aspect à l'essai que nous avons consacré à « Wolf Biermann et la chanson française » dans l'ouvrage paru (en langue allemande) chez Rowohlt en novembre 1976 sous le titre « Wolf Biermann — Liedermacher und Sozialist » édité par Thomas Rothschild. Cet ouvrage contient diverses contributions parmi lesquelles celle de Ernst Bloch, Rudi Dutschke, Jürgen Fuchs, Robert Havemann, Demosthenes Kourtowik, Domenico Marcolini etc, ainsi qu'une bibliographie exhaustive établie par Peter Meuer (Rororo n 4017).
(24) Goethe. Conversations avec Eckermann, du 21-1-1827 et du 14-3-1830.
(25) La Ballade de la Secrète. cf. p. 167. Elle a paru d'abord dans le livre de Robert Havemann (cf. note 3) p. 222 à 225.

(26) Ainsi soit-il cf. p. 185.
(27) Le Roi Renaud cf. p. 214.
(28) Trois jeunes tambours cf. p. 218.
(29) Fritz Cremer. L'un des plus grands sculpteurs de R.D.A. On lui doit en particulier l'ensemble de sculptures de Buchenwald.
(30) André François. Peintre et Affichiste français. La même œuvre orne la pochette du disque pour enfants de Wolf Biermann. Kinderlieder C.B.S. 1977.
(31) Colline constituée par les décombres de la seconde guerre mondiale.
(32) Peter Huchel. L'un des plus grands poètes lyriques de R.D.A., vit en R.F.A. près de Fribourg en Brisgau. Auteur de « Chausseen-Chausseen ».
(33) Citation de deux vers de Brecht (Schweyk dans la seconde guerre mondiale).
(34) Joan Baez a chanté « pour Biermann » à Berlin-Est, alors que le poète était déjà interdit.
(35) Rudi Dutschke — théoricien politique issu des cercles protestants de R.D.A. vit actuellement en R.F.A.
(36) Magnat de la presse de droite en R.F.A.
(37) Schütze. maire de Berlin, lors des événements relatés ici (1968).
(38) Allusion au grand chantier de construction de l'Alexanderplatz.
(39) Bautzen : la plus « réputée » des Prisons centrales de R.D.A.
(40) En hommage à Brecht auteur d'un célèbre poème intitulé *An die Nachgeborenen*.
(41) Nom de l'architecte responsable de la construction de cette avenue.
(42) 17 juin 1953. Révolte des ouvriers du Bâtiment à Berlin-Est, prélude à des troubles rapidement réprimés par les Soviétiques venus à l'aide de Ulbricht.
(43) Le 20e congrès du P.C. soviétique, au cours duquel fut révélée ce que Biermann appelle « la terrible demi-vérité » concernant Staline.
(44) Ernst Fischer. Poète, philosophe et homme politique autrichien né en 1898, mort en 1973. L'un des meilleurs théoriciens de l'art (cf. De la Nécessité de l'Art Editions Sociales), de notre époque. Louise Fischer Eisler. Veuve de Ernst Fischer. Ecrivain, elle a publié en collaboration avec Ernst Fischer le roman dialogué « Prinz Eugen ».
(45) Rainer Kunze. Poète lyrique de R.D.A., exilé en R.F.A. en même temps que Wolf Biermann.
(46) Jouli Daniel. Poète dissident soviétique dont Wolf Biermann a transposé les poèmes en allemand. Cf Nachlass p. 347 à 383.
(47) Cf. le disque C.B.S. 1903 — (1973) le poème Le Che est une libre transposition du texte de Carlos Pueblo.
(48) Cf. le disque C.B.S. 1903. Edité au profit du Chili par Wolf Biermann.
(49) Cf. le disque Es gibt ein Leben nach dem Tod. C.B.S. 81. 259 (1976 — Francfort).
(50) Le chant de Franco. *Idem*.
(51) Julian Grimau. Résistant antifranquiste éxécuté par le régime de Franco malgré le mouvement international en faveur du condamné. Wolf

Biermann a consacré une très belle chanson à Julian Grimau. Cf. La Harpe de Barbelés p. 76-77 (10-18).
(52) Il y a une vie avant la mort. Cf note 49.
(53) Cf. le disque consacré par Yves Montand aux « Chansons Populaires de France » l'un des disques préférés de Wolf Biermann.
(54) La Charité : Grand hôpital de Berlin-Est.
(55) Le Conseil d'Etat : en allemand « Staatsrat » Organe dirigeant de R.D.A.
(56) Le Kuhdamm pour le Kurfürstendamm : la plus célèbre Avenue de Berlin-Ouest.
(57) Le titre de ce poème est inspiré par un poème de Ferdinand Freiligrath, écrit après l'échec de la Révolution de 1848, en Allemagne.

BIOGRAPHIE

1936. Naissance à Hambourg, père mécanicien aux chantiers navals mère tricoteuse à la machine. Famille communiste.
1942. Mort du père à Auschwitz.
1953. Biermann choisit la R.D.A.
1955-57. Berlin. Etudes en économie politique.
1957. Assistant de mise en scène au Berliner Ensemble.
1959-63. Etudie la philosophie et les mathématiques à l'Université Humboldt de Berlin.
1961. Fonde et dirige le B.A.T. Théâtre des ouvriers et des étudiants de Berlin (interdit en 1963).
1962-63. Stage probatoire de membre du S.E.D.
1962-65. Récital de poésies et de chansons en R.D.A.
1964. (décembre) Tournée en R.A.F. organisée par le S.D.S. (Association estudiantine socialiste de gauche).
1965. (Pâques) Récital avec le chansonnier Wolfgang Neuss lors de la manifestation de clôture de la marche de la paix à Francfort.
1965. (Décembre) Onzième plenum du comité central du S.E.D. Wolf Biermann est dénoncé comme « chien de garde » de la réaction. Récitals et publications lui sont désormais interdits. Les œuvres paraissent chez Wagenbach à Berlin Ouest et sont traduites dans un grand nombre de pays.
1976. (novembre) Après douze ans d'interdiction professionnelle, ou lui accorde un visa « Aller-Retour » pour la R.F.A. Son premier récital organisé par le syndicat ouest-allemand I.G.-Metall et des Universitaires de Bochum sert de prétexte pour le déchoir de sa nationalité est-allemande. Depuis novembre 76 W.B. réside à Cologne, puis à Hambourg. Nombreux

voyages et récitals en R.F.A., Hollande, Espagne, Italie, Grèce etc.
1978. 31 mai. Invité à chanter à la Mutualité dans une soirée contre la répression en R.D.A., soirée organisée par le Comité W.B., l'Association pour la connaissance des Allemagnes d'aujourd'hui et le comité Freiheit und Sozialismus de Berlin, W.B. hospitalisé au dernier moment doit reporter son récital. Gerulf Pannach, Christian Kunert, Jürgen Fuchs, Michael Sallmann (R.D.A.), ainsi que Colette Magny et Jean Frédéric Kirjuhel participent par solidarité à cette soirée.

BIBLIOGRAPHIE

Die Drahtharfe. Wagenbach. 1965. Quartheft 9.
Mit Marx und Engelszungen.
    Wagenbach 1968. Quartheft 31
Der Dra-Dra. Wagenbach. 1970.
    Quartheft 45/46
Für meine Genossen. Wagenbach. 1972.
    Quartheft 62
Deutschland, ein Wintermärchen. Wagenbach 1972.
    Quartheft 63
Das Märchen vom kleinen Moritz
    Munich. Parabel Verlag. 1972
Nachlaß I
Kiepenheuer & Witsch. 1977
    Der preussische Ikarus
    Kiepenheuer & Witsch. 1978

en Français :
La harpe de Barbelés. Présentation et traduction de Jean-Pierre Hammer en collaboration avec J.-Ch. Lombard, Collection 10/18, vol. 706, Union générale d'éditions 1972

Ouvrages sur Biermann :
Wolf Biermann Liedermacher und Sozialist
    Ro Ro Ro. Hambourg 1976. (avec une étude de J.-P. Hammer sur Biermann et la chanson française).
Exil. Die Ausbürgerung Wolf Biermann aus der D.D.R.

Articles sur Biermann parus dans la revue Allemagnes d'Aujourd'hui, 8, rue Faraday - Paris 17ᵉ. Biermann, poète maudit I) n° 2. 1966 - II) n° 37.38. 1973 - n° 44. 1974 - n° 54.55. 1976 - n° 56.57.59.60. 1977 - n° 62.63.64.65. 1978

Documentation éditée par Peter Roos-Kiepenheuer & Witsch.

DISCOGRAPHIE

Wolf Biermann (Ost) zu Gast bei Wolfgang Neuss (West)
  Philips twen série 42. Stereo 843 742

Wolf Biermann. *Vier neue Lieder*
  Wagenbachs Quartplatte I-1967. Berlin

Wolf Biermann. *Chausseestraße. 131*
  Wagenbachs Quarplatte 4. 1969. Berlin

Warum ist die Banane krumm?
  Wagenbachs Quarplatte 7. 1971. Berlin

Wolf Biermann. *Warte nicht auf bessre Zeiten*
  C.B.S. 65 753 ; Stereo L.P. Frankfurt/Main. 1973

Wolf Biermann. *Chile*
  C.B.S. 1903. Stereo single. Frankfurt/Main 1973

Wolf Biermann. *aah ja!*
  C.B.S. 80 188. 1974

Wolf Biermann. *Chausseestraße 131*
  C.B.S. 80 798. 1975

Wolf Biermann. *Liebeslieder*
  C.B.S. 80 982. 1975

Wolf Biermann. *Es gibt ein Leben nach dem Tod*
  C.B.S. 81 259. 1976

Wolf Biermann. *Das geht sein' sozialistischen Gang*
  C.B.S. 88 224 (Extraits du récital de Cologne. 2 disques)

Wolf Biermann. *Der Friedensclown.* Lieder für Menschenkinder
  C.B.S. 82 262. Pochette illustrée par André François

PARTITIONS

Bilanzballade im 30. Jahr

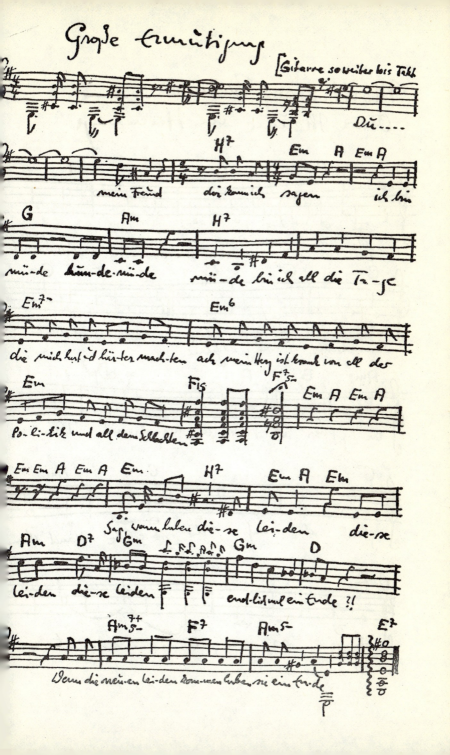

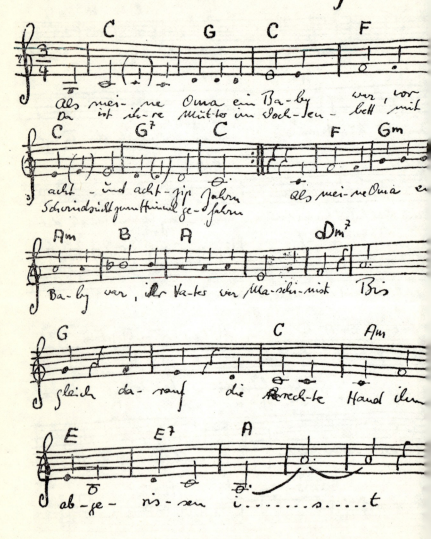

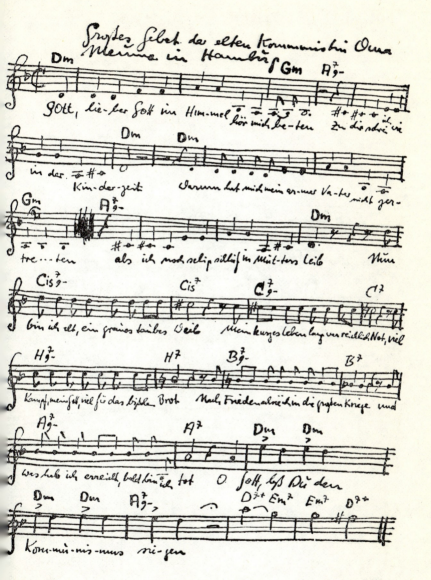

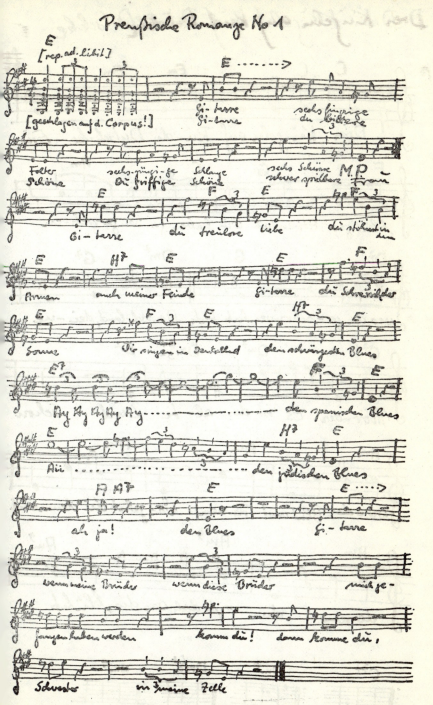

Es senkt das deutsche Dunkel

Ballade vom Hugenottenfriedhof

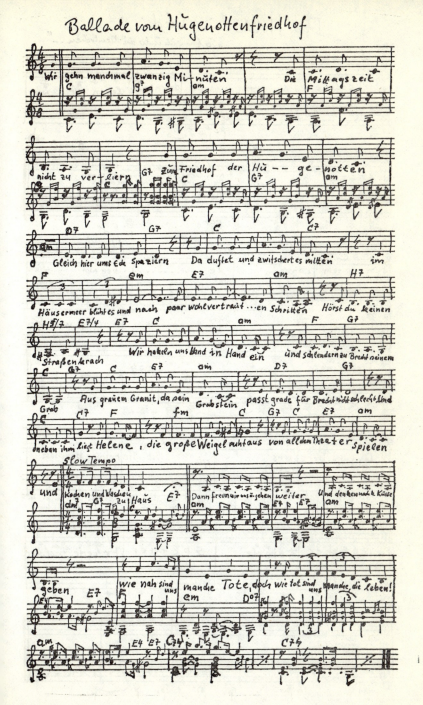

Kleines Lied von den bleibenden Werken

Acht Argumente für die Beibehaltung des Namens STALINALLEE für die Stalinallee

Es.... steht in Ber-lin eine Straße......
die steht auch in Lenin-grad......
... die steht ge-nau so in mancher......
andern großen Stadt Und da-rum heißt sie auch
Sta-lin-al-lee, Mensch, Junge, ver-steh und die
Zeit ist pas-sé!

Die Stasi-Ballade

So soll es sein – so wird es sein

So oder so die Erde wird rot entweder leben-rot oder tod-rot Wir mischen uns da bisschen ein So soll es sein, so soll es sein so wird es am sein

TABLE DES MATIERES

ET DES PARTITIONS

INTRODUCTION	9
POEME INEDIT	28
TISCHREDE DES DICHTERS	30
TOAST DU POETE	31
PORTRAIT EINES ALTEN MANNES	34
PORTRAIT D'UN HOMME VIEUX	35
LIED DES ALTEN KOMMUNISTEN F.	36
CHANSON DU VIEUX COMMUNISTE F.	37
FRAGE UND ANTWORT UND FRAGE	38
QUESTION, REPONSE, QUESTION	39
FRITZ CREMER, BRONZE : « DER AUFSTEIGENDE »	40
FRITZ CREMER, BRONZE : « DER AUFSTEIGENDE »	41
DIE LEGENDE	46
LEGENDE DU SOLDAT	47
KLEINES LIED VOM TOD AUCH DES TODES	50
PETITE CHANSON SUR LA MORT DE LA MORT	51
BALLADE VOM PANZERSOLDATEN UND VOM MADCHEN	52
BALLADE DU TANKISTE ET DE LA FILLE	53
GENOSSEN, WER VON UNS WAERE NICHT GEGEN DEN KRIEG	56
CAMARADES, QUI PARMI NOUS NE SERAIT CONTRE LA GUERRE	57
ANDRE FRANÇOIS, DER FRIEDENSCLOWN	60
ANDRE FRANÇOIS, LE CLOWN DE LA PAIX	61
HOHE HULDIGUNG FUR DIE GELIEBTE	64
GRAND HOMMAGE A LA BIEN-AIMEE	65
FRUHLING AUF DEM MONT-KLAMOTT	66
PRINTEMPS SUR LE MONT KLAMOTT	67
BILANZBALLADE IM DREISSIGSTEN JAHR	70
BALLADE-BILAN DE LA TRENTAINE	71
ERMUTIGUNG	76
ENCOURAGEMENT	77

GROSSE ERMUTIGUNG	78
GRAND ENCOURAGEMENT	79
MORITAT AUF BIERMANN SEINE OMA MEUME IN HAMBURG	80
COMPLAINTE DE LA BONNE MEME DE BIERMANN A HAMBOURG	81
GROSSES GEBET	86
GRANDE PRIERE	87
IN PRAG IST PARISER KOMMUNE	90
A PRAGUE C'EST LA COMMUNE DE PARIS	91
PREUSSISCHE ROMANZE N° 1	92
ROMANCE PRUSSIENNE N° 1	93
DREI KUGELN AUF RUDI DUTSCHKE	96
TROIS BALLES SUR RUDI DUTSCHKE	97
ES SENKT DAS DEUTSCHE DUNKEL	100
L'OBSCURITE ALLEMANDE DESCEND	101
NOCH	102
ENCORE	103
DER HUGENOTTENFRIEDHOF	106
LE CIMETIERE DES HUGUENOTS	107
SPRACHE DER SPRACHE	110
LANGAGE DU LANGAGE	111
DAS HOELDERLIN-LIED	114
LA CHANSON DE HOLDERLIN	115
KLEINES LIED VON DEN BLEIBENDEN WERTEN	116
PETITE CHANSON DES VALEURS PERMANENTES	117
ROMANZE VON RITA — MORITAT AUF DIE SOZIALISTISCHE MENSCHENGEMEINSCHAFT	118
ROMANCE DE RITA — COMPLAINTE DE LA COMMUNAUTE HUMAINE SOCIALISTE	119
BRECHT, DEINE NACHGEBORENEN	134
BRECHT TES DESCENDANTS	135
DIE HAB ICH SATT!	140
J'EN AI RAS L'BOL DE TOUS CEUX-LA	141
ACHT ARGUMENTE FUR DIE BEIBEHALTUNG	144
HUIT ARGUMENTS EN FAVEUR DE LA CONSERVATION	145

NICHT SEHEN — NICHT HOREN — NICHT SCHREIEN, ODER	150
NE PAS VOIR — NE PAS ENTENDRE — NE PAS CRIER OU	151
PORTRAIT EINES MONOPOLBUROKRATEN	154
PORTRAIT DU BUREAUCRATE MONOPOLEUR	155
DIE LIBERALEN	158
LES LIBERAUX	159
VIER SEHR VERSCHIEDENE VERSUCHE, MIT DEN ALTEN GENOSSEN NEU ZU REDEN	160
QUATRE TENTATIVES TRES DIFFERENTES DE TENIR AUX VIEUX CAMARADES UN LANGAGE NOUVEAU.	161
DIE STASI-BALLADE	166
BALLADE DE LA POLICE SECRETE	167
BALLADE VOM TRAUM	174
LA BALLADE DU REVE	175
UEBER BEDRAENGTE FREUNDE	178
A PROPOS D'AMIS PREOCCUPES	179
SELBSTPORTRAIT FUR RAINER KUNZE	182
AUTOPORTRAIT POUR RAINER KUNZE	183
SO SOLL ES SEIN — SO WIRD ES SEIN	184
AINSI SOIT-IL ET ÇA IRA	185
JULIJ DANIEL	192
JOULI DANIEL	193
COMMANDANTE CHE GUEVARA	196
LE CHE	197
BALLADE VOM KAMERAMANN	198
BALLADE DU CAMERAMAN	199
DAS FRANCO-LIED	202
LE CHANT DE FRANCO	203
ES GIBT EIN LEBEN VOR DEM TOD	206
IL Y A UNE VIE AVANT LA MORT	207
WIR SASSEN AM FEUER IM DUNKELN	210
ASSIS PRES DU FEU DANS LA NUIT	211

TRANSPOSITIONS DU FRANÇAIS PAR WOLF BIERMANN

LE ROI RENAUD	214
KONIG RENAUD	215
TROIS JEUNES TAMBOURS	218
DREI JUNGE TROMMLER	219
DOCUMENTS	223
NOTES	245
BIOGRAPHIE	248
BIBLIOGRAPHIE	250
DISCOGRAPHIE	252

PARTITIONS

LIED DES ALTEN KOMMUNISTEN	255
LEGENDE VOM SOLDATEN IM III KRIEG	256
LIED VOM TOD AUCH DES TODES	257
BALLADE VOM PANZERSOLDATEN UND VOM MAEDCHEN	258
ANDRE FRANÇOIS, DER FRIEDENSCLOWN	259
FRUEHLING AUF DEM MONT-KLAMOTT	260
BILANZBALLADE IM DREISSIGTEN JAHR	261
ERMUTIGUNG	262
GROSSE ERMUTIGUNG	263
MORITAT AUF BIERMANN SEINE OMA MEUME IN HAMBURG	264
GROSSES GEBET	265
IN PRAG IST PARISER KOMMUNE	266
PREUSSISCHE ROMANZE N° 1	267
DREI KUGELN AUF RUDI DUTSCHKE	268
ES SENKT DAS DEUTSCHE DUNKEL	269
NOCH	270
BALLADE DER HUGENOTTENFRIEDHOF	271
DAS HOELDERLIN-LIED	272
KLEINES LIED VON DEN BLEIBENDEN WERTEN	273

DIE HAB ICH SATT! 274
ACHT ARGUMENTE FUR DIE BEIBEHALTUNG 275
NICHT SEHEN - NICHT HOEREN - NICHT SCHREIEN. 276
DIE STASI - BALLADE 277
SO SOLL ES SEIN - SO WIRD ES SEIN 278

ACHEVÉ D'IMPRIMER
SUR LES PRESSES DES
ETS DIGUET-DENY
IMPRIMEUR-RELIEUR
PARIS - BRETEUIL-SUR-ITON

N° d'édition : 428
Dépôt légal : 4e trimestre 1978. — N° d'impression : 1886